# HONORÉ DE

# LA MUSE DU DÉPARTEMENT

## LA COMÉDIE HUMAINE

LES PARISIENS EN PROVINCE.
II

## 1837

ODÉON LIVRE
★ ★ 2018 ★ ★
CHICAGO

A MONSIEUR LE COMTE FERDINAND DE GRAMONT.

Mon cher Ferdinand, si les hasards *(habent sua fata libelli)* du monde littéraire font de ces lignes un long souvenir, ce sera certainement peu de chose en comparaison des peines que vous vous êtes données, vous le d'Hozier, le Chérin, le Roi d'armes des *ÉTUDES DE MŒURS ;* vous à qui les Navarreins, les Cadignan, la Langeais, les Blamont-Chauvry, les Chaulieu, les d'Arthez, les d'Esgrignon, les Mortsauf, les Valois, les cent maisons nobles qui constituent l'aristocratie de la *COMÉDIE HUMAINE* doivent leurs belles devises et leurs armoiries si spirituelles. Aussi *L'ARMORIAL DES ÉTUDES DE MŒURS INVENTÉ PAR FERDINAND DE GRAMONT, GENTILHOMME,* est-il une histoire complète du blason français, où vous n'avez rien oublié, pas même les armes de l'Empire, et que je conserverai comme un monument de patience bénédictine et d'amitié. Quelle connaissance du vieux langage féodal dans le : *Pulchrè sedens, meliùs agens !* des Beauséant ? dans le : *Des partem leonis !* des d'Espard ? dans le : *Ne se vend !* des Vandenesse ? Enfin, quelle coquetterie dans les mille détails de cette savante iconographie qui montrera jusqu'où la fidélité sera poussée dans mon entreprise, à laquelle vous, poète, vous aurez aidé

Votre vieil ami,
DE BALZAC.

# LA MUSE DU DÉPARTEMENT.

Sur la lisière du Berry se trouve au bord de la Loire une ville qui par sa situation attire infailliblement l'œil du voyageur. Sancerre occupe le point culminant d'une chaîne de petites montagnes, dernière ondulation des mouvements de terrain du Nivernais. La Loire inonde les terres au bas de ces collines, en y laissant un limon jaune qui les fertilise, quand il ne les ensable pas à jamais par une de ces terribles crues également familières à la Vistule, cette Loire du Nord. La montagne au sommet de laquelle sont groupées les maisons de Sancerre, s'élève à une assez grande distance du fleuve pour que le petit port de Saint-Thibault puisse vivre de la vie de Sancerre. Là s'embarquent les vins, là se débarque le merrain, enfin toutes les provenances de la Haute et de la Basse-Loire.

A l'époque où cette histoire eut lieu, le pont de Cosne et celui de Saint-Thibault, deux ponts suspendus, étaient construits. Les voyageurs venant de Paris à Sancerre par la route d'Italie ne traversaient plus la Loire de Cosne à Saint-Thibault dans un bac, n'est-ce pas assez vous dire que le Chassez-croisez de 1830 avait eu lieu ; car la maison d'Orléans a partout choyé les intérêts matériels, mais à peu près comme ces maris qui font des cadeaux à leurs femmes avec l'argent de la dot.

Excepté la partie de Sancerre qui occupe le plateau, les rues sont plus ou moins en pente, et la ville est enveloppée de rampes, dites les Grands Remparts, nom qui vous indique assez les grands chemins de la ville. Au delà de ces remparts, s'étend une ceinture de vignobles. Le vin forme la principale industrie et le plus considérable commerce du pays qui possède plusieurs crus de vins généreux, pleins de bouquet, et assez semblables aux produits de la Bourgogne pour qu'à Paris les palais vulgaires s'y trompent. Sancerre trouve donc dans les cabarets parisiens une rapide consommation, assez nécessaire d'ailleurs à des vins qui ne peuvent pas se garder plus de sept à huit ans. Au-dessous de la ville, sont assis quelques villages, Fontenay, Saint-Satur qui ressemblent à des faubourgs, et dont la situation rappelle les gais vignobles de Neufchâtel en Suisse. La ville a conservé quelques traits de son ancienne physionomie, ses rues sont étroites et pavées en cailloux pris au lit de la Loire. On y voit encore de vieilles maisons. La tour, ce reste de la force militaire et de l'époque féodale, rappelle l'un des siéges les plus terribles de nos guerres de religion et pendant lequel les Calvinistes ont bien surpassé les farouches Caméroniens de Walter Scott.

La ville de Sancerre, riche d'un illustre passé, veuve de sa puissance militaire, est en quelque sorte vouée à un avenir infertile, car le mouvement commercial appartient à la rive droite de la Loire. La rapide description que vous venez de lire prouve que l'isolement de Sancerre ira croissant, malgré les deux ponts qui la rattachent à Cosne. Sancerre, l'orgueil de la rive gauche, a tout au plus trois mille cinq cents âmes, tandis qu'on en compte aujourd'hui plus de six mille à Cosne. Depuis un demi-siècle, le rôle de ces deux villes assises en face l'une de l'autre a complétement changé. Cependant l'avantage de la situation appartient à la ville historique, où de toutes parts l'on jouit d'un spectacle enchanteur, où l'air est d'une admirable pureté, la végétation magnifique, et où les habitants en harmonie avec cette riante nature sont affables, bons compagnons et sans puritanisme, quoique les deux tiers de la population soient restés calvinistes.

Dans un pareil état de choses, si l'on subit les inconvénients de la vie des petites villes, si l'on se trouve sous le coup de cette surveillance officieuse qui fait de la vie privée une vie quasi publique ; en revanche, le patriotisme de localité, qui ne remplacera jamais l'esprit de famille, se déploie à un haut degré. Aussi la ville de Sancerre est-elle très-fière d'avoir vu naître une des gloires de la Médecine moderne, Horace Bianchon, et un auteur du second ordre, Étienne Lousteau, l'un des feuilletonistes les plus distingués. L'Arrondissement de Sancerre, choqué de se voir soumis à sept ou huit grands propriétaires, les hauts barons de l'Élection, essaya de secouer le joug électoral de la Doctrine, qui en a fait son bourg-pourri. Cette conjuration de quelques amours-propres froissés échoua par la jalousie que causait aux coalisés l'élévation future d'un des conspirateurs. Quand le résultat eut montré le vice radical de l'entreprise, on voulut y remédier en prenant l'un des deux hommes qui représentent glorieusement Sancerre à Paris, pour champion du pays aux prochaines élections.

Cette idée était extrêmement avancée pour notre pays, où, depuis 1830, la nomination des notabilités de clocher a fait de tels progrès que les hommes d'État deviennent de plus en plus rares à la Chambre élective. Aussi ce projet, d'une réalisation assez hypothétique, fut-il conçu par la femme supérieure de l'Arrondissement, *dux femina facti*, mais dans une pensée d'intérêt personnel. Cette pensée avait tant de racines dans le passé de cette femme et embrassait si bien son avenir, que sans un vif et succinct récit de sa vie antérieure, on la comprendrait difficilement. Sancerre s'enorgueillissait alors d'une femme supérieure, long-temps incomprise, mais qui, vers 1836, jouissait d'une assez jolie renommée départementale. Cette époque fut aussi le moment où les noms des deux Sancerrois atteignirent, à Paris, chacun dans leur sphère, au plus haut degré l'un de la gloire, l'autre de la mode. Étienne Lousteau, l'un des collaborateurs des Revues, signait le feuilleton d'un journal à huit mille abonnés ; et Bianchon, déjà premier médecin d'un hôpital, officier de la Légion-d'Honneur et membre de l'Académie des sciences, venait d'obtenir sa chaire.

Si ce mot ne devait pas, pour beaucoup de gens, comporter une espèce de blâme, on pourrait dire que George Sand a créé le *Sandisme*, tant il est vrai que, moralement parlant, le bien est presque toujours doublé d'un mal. Cette lèpre sentimentale a gâté beaucoup de femmes qui, sans leurs prétentions au génie, eussent été charmantes. Le Sandisme a cependant cela de bon que la femme qui en est attaquée faisant porter ses prétendues supériorités sur des sentiments méconnus, elle est en quelque sorte le *Bas-Bleu* du cœur : il en résulte alors moins d'ennui, l'amour neutralisant un peu la littérature. Or l'illustration de George Sand a eu pour principal effet de faire reconnaître que la France possède un nombre exorbitant de femmes supérieures, assez généreuses pour laisser jusqu'à présent le champ libre à la petite-fille du maréchal de Saxe.

La femme supérieure de Sancerre demeurait à La Baudraye, maison de ville et de campagne à la fois, située à dix minutes de la ville, dans le village ou, si vous voulez, le faubourg de Saint-Satur. Les La Baudraye d'aujourd'hui, comme il est arrivé pour beaucoup de maisons nobles, se sont substitués aux La Baudraye dont le nom brille aux croisades et se mêle aux grands événements de l'histoire berruyère. Ceci veut une explication.

Sous Louis XIV, un certain échevin nommé Milaud, dont les ancêtres furent d'enragés Calvinistes, se convertit lors de la révocation de l'Édit de Nantes. Pour encourager ce mouvement dans l'un des sanctuaires du calvinisme, le Roi nomma cettui Milaud à un poste élevé dans les Eaux et Forêts, lui donna des armes et le titre de Sire de la Baudraye en lui faisant présent du fief des vrais La Baudraye. Les héritiers du fameux capitaine La Baudraye tombèrent, hélas ! dans l'un des piéges tendus aux hérétiques par les ordonnances, et furent pendus, traitement indigne du Grand Roi. Sous Louis XV, Milaud de La Baudraye de simple Écuyer, devint Chevalier, et eut assez de crédit pour placer son fils cornette dans les mousquetaires. Le cornette mourut à Fontenoy, laissant un enfant à qui le Roi Louis XVI accorda plus tard un brevet de fermier-général, en mémoire du cornette mort sur le champ de bataille.

Ce financier, bel esprit occupé de charades, de bouts rimés, de bouquets à Chloris, vécut dans le beau monde, hanta la société du duc de Nivernois, et se crut obligé de suivre la noblesse en exil ; mais il eut soin d'emporter ses capitaux. Aussi le riche émigré soutint-il alors plus d'une grande maison noble. Fatigué d'espérer et peut-être aussi de prêter, il revint à Sancerre en 1800, et racheta La Baudraye par un sentiment d'amour-propre et de vanité nobiliaire explicable chez un petit-fils d'Échevin ; mais qui sous le Consulat avait d'autant moins d'avenir que l'ex-fermier général comptait peu sur son héritier pour continuer les nouveaux La Baudraye. Jean-Athanase-Melchior Milaud de La Baudraye, unique enfant du financier, né plus que chétif, était bien le fruit d'un sang épuisé de bonne heure par les plaisirs exagérés auxquels se livrent tous les gens riches qui se marient à l'aurore d'une vieillesse prématurée, et finissent ainsi par abâtardir les sommités sociales.

Pendant l'émigration, madame de La Baudraye, jeune fille sans aucune fortune et qui fut épousée à cause de sa noblesse, avait eu la patience d'élever cet enfant jaune et malingre auquel elle portait l'amour exccssif que les mères ont dans le cœur pour les avortons. La mort de cette femme, une demoiselle de Castéran-La-Tour, contribua beaucoup à la rentrée en France de monsieur de La Baudraye. Ce Lucullus des Milaud mourut en léguant à son fils le fief sans lods et ventes, mais orné de girouettes à ses armes, mille louis d'or, somme assez considérable en 1802, et ses créances sur les plus illustres émigrés, contenues dans le portefeuille de ses poésies avec cette inscription : *Vanitas vanitatum et omnia vanitas !*

Si le jeune La Baudraye vécut, il le dut à des habitudes d'une régularité monastique, à cette économie de mouvement que Fontenelle prêchait comme la religion des valétudinaires, et surtout à l'air de Sancerre, à l'influence de ce site admirable d'où se découvre un panorama de quarante lieues dans le val de la Loire. De 1802 à 1815, le petit La Baudraye augmenta son ex-fief de plusieurs clos, et s'adonna beaucoup à la culture des vignes. Au début, la Restauration lui parut si chancelante qu'il n'osa pas trop aller à Paris y faire ses réclamations ; mais après la mort de Napoléon il essaya de monnayer la poésie de son père, car il ne comprit pas la profonde philosophie accusée par ce mélange des créances et des charades. Le vigneron perdit tant de temps à se faire reconnaître de messieurs les ducs de Navarreins et autres (telle était son expression), qu'il revint à Sancerre, appelé par ses chères vendanges, sans avoir rien obtenu que des offres de services. La Restauration rendit assez de lustre à la noblesse pour que La Baudraye désirât donner un sens à son ambition en se donnant un héritier. Ce bénéfice conjugal lui paraissait assez problématique ; autrement, il n'eût [eut] pas tant tardé, mais, vers la fin de 1823, en se voyant encore sur ses jambes à quarante-trois ans, âge qu'aucun médecin, astrologue ou sage-femme n'eût osé lui prédire, il espéra trouver la récompense de sa vertu forcée. Néanmoins, son choix indiqua, relativement à sa chétive constitution, un si grand défaut de prudence qu'il fut impossible de n'y pas voir un profond calcul.

A cette époque, Son Éminence Monseigneur l'archevêque de Bourges venait de convertir au catholicisme une jeune personne appartenant à l'une de ces familles bourgeoises qui furent les premiers appuis du Calvinisme, et qui, grâce à leur position obscure, ou à des accommodements avec le ciel, échappèrent aux persécutions de Louis XIV. Artisans au XVIe siècle, les Piédefer, dont le nom révèle un de ces surnoms bizarres que se donnèrent les soldats de la Réforme, étaient devenus d'honnêtes drapiers. Sous le règne de Louis XVI, Abraham Piédefer fit de si mauvaises affaires, qu'il laissa, vers 1786, époque de sa mort, ses deux enfants dans un état voisin de la misère. L'un des deux, Tobie Piédefer partit pour les Indes en abandonnant le modique héritage à son aîné. Pendant la révolution, Moïse Piédefer acheta des biens nationaux, abattit des abbayes et des églises à l'instar de ses ancêtres, et se maria, chose étrange, avec une catholique, fille unique d'un Conventionnel mort sur l'échafaud. Cet ambitieux Piédefer mourut en 1819, laissant à sa femme une fortune compromise par des spéculations agricoles, et une petite fille de douze ans d'une beauté surprenante. Élevée dans la religion calviniste, cet enfant avait été nommée Dinah, suivant l'usage en vertu duquel les religionnaires prenaient leurs noms dans la Bible pour n'avoir rien de commun avec les saints de l'Église romaine.

Mademoiselle Dinah Piédefer, mise par sa mère dans un des meilleurs pensionnats de Bourges, celui des demoiselles Chamarolles, y devint aussi célèbre par les qualités de son esprit que par sa beauté ; mais elle s'y trouva primée par des jeunes filles nobles, riches et qui devaient plus tard jouer dans le monde un rôle beaucoup plus beau que celui d'une roturière dont la mère attendait les résultats de la liquidation Piédefer. Après avoir su s'élever momentanément au-dessus de ses compagnes, Dinah voulut aussi se trouver de plain-pied avec elles dans la vie. Elle inventa donc d'abjurer le calvinisme, en espérant que le Cardinal protégerait sa conquête spirituelle et s'occuperait de son avenir. Vous pouvez juger déjà de la supériorité de mademoiselle Dinah qui, dès l'âge de dix-sept ans, se convertissait uniquement par ambition. L'archevêque imbu de l'idée que Dinah Piédefer devait faire l'ornement du monde, essaya de la marier. Toutes les familles auxquelles s'adressa le Prélat s'effrayèrent d'une fille douée d'une prestance de princesse, qui passait pour la plus spirituelle des jeunes personnes élevées chez les demoiselles de Chamarolles, et qui dans les solennités un peu théâtrales des distributions de prix, jouait toujours les premiers rôles. Assurément mille écus de rentes, que pouvait rapporter le domaine de La Hautoy indivis entre la fille et la mère, étaient peu de chose en comparaison des dépenses auxquelles les avantages personnels d'une créature si spirituelle entraînerait un mari.

Dès que le petit Melchior de La Baudraye apprit ces détails dont parlaient toutes les sociétés du département du Cher, il se rendit à Bourges, au moment où madame Piédefer, dévote à grandes Heures, était à peu près déterminée ainsi que sa fille à prendre, selon l'expression du Berry le premier chien coiffé venu. Si le Cardinal fut très-heureux de rencontrer monsieur de La Baudraye, monsieur de La Baudraye fut encore plus heureux d'accepter une femme de la main du Cardinal. Le petit homme exigea de son Éminence la promesse formelle de sa protection auprès du Président du Conseil, à cette fin de palper les créances sur les ducs de Navarreins et autres en saisissant leurs indemnités. Ce moyen parut un peu trop vif à l'habile ministre du pavillon Marsan, il fit savoir au vigneron qu'on s'occuperait de lui en temps et lieu. Chacun peut se figurer le tapage produit dans le Sancerrois par le mariage insensé de monsieur La Baudraye.

— Cela s'explique, dit le Président Boirouge, le petit homme aurait, m'a-t-on dit, été très-choqué d'avoir entendu, sur le Mail, le beau monsieur Milaud, le Substitut de Nevers, disant à monsieur de Clagny en lui montrant les tourelles de La Baudraye : — Cela me reviendra ! — Mais, a répondu notre Procureur du Roi, il peut se marier et avoir des enfants. — Ça lui est défendu ! Vous pouvez imaginer la haine qu'un avorton comme le petit La Baudraye a dû vouer à ce colosse de Milaud.

Il existait à Nevers une branche roturière des Milaud qui s'était assez enrichie dans le commerce de la coutellerie pour que le représentant de cette branche eût [eut] abordé la carrière du Ministère Public, dans laquelle il fut protégé par feu Marchangy.

Peut-être convient-il d'écheniller cette histoire où le moral joue un grand rôle, des vils intérêts matériels dont se préoccupait exclusivement monsieur de La Baudraye, en racontant avec brièveté les résultats de ses négociations à Paris. Ceci d'ailleurs expliquera plusieurs parties mystérieuses de l'histoire contemporaine, et les difficultés sous-jacentes que rencontraient les Ministres pendant la Restauration, sur le terrain politique. Les promesses ministérielles eurent si peu de réalité que monsieur de La Baudraye se rendit à Paris au moment où le Cardinal y fut appelé par la session des Chambres.

Voici comment le duc de Navarreins, le premier créancier menacé par monsieur de La Baudraye, se tira d'affaire. Le Sancerrois vit arriver un matin à l'hôtel de Mayence où il s'était logé rue Saint-Honoré, près de la place Vendôme, un confident des Ministres qui se connaissait en liquidations. Cet élégant personnage sorti d'un élégant cabriolet et vêtu de la façon la plus élégante fut obligé de monter au numéro 37, c'est-à-dire au troisième étage, dans une petite chambre où il surprit le provincial se cuisinant au feu de sa cheminée une tasse de café.

— Est-ce à monsieur Milaud de La Baudraye que j'ai l'honneur...

— Oui, répondit le petit homme en se drapant dans sa robe de chambre.

Après avoir lorgné ce produit incestueux d'un ancien
par-dessus chiné de madame Piédefer et d'une robe de feu madame de La Baudraye, le négociateur trouva l'homme, la robe
de chambre et le petit fourneau de terre où bouillait le lait dans
une casserole de fer-blanc si caractéristiques, qu'il jugea les finas-
series inutiles.

— Je parie, monsieur, dit-il audacieusement, que vous
dînez à quarante sous chez Hurbain, au Palais-Royal.

— Et pourquoi ?...


— Oh ! je vous reconnais pour vous y avoir vu, répliqua le
Parisien en gardant son sérieux. Tous les créanciers des princes
y dînent. Vous savez qu'on trouve à peine dix pour cent des
créances sur les plus grands seigneurs... Je ne vous donnerais pas
cinq pour cent d'une créance sur le feu duc d'Orléans.. et même
sur... (il baissa la voix) sur MONSIEUR...

— Vous venez m'acheter mes titres... dit le vigneron qui se
crut spirituel.

— Acheter !... fit le négociateur, pour qui me pre-
nez-vous ?... Je suis monsieur des Lupeaulx, maître des requêtes,
secrétaire-général du Ministère, et je viens vous proposer une
transaction.

— Laquelle ?

— Vous n'ignorez pas, monsieur, la position de votre
débiteur...

— De mes débiteurs...

— Hé ! bien, monsieur, vous connaissez la situation de
vos débiteurs, ils sont dans les bonnes grâces du Roi, mais ils
sont sans argent, et obligés à une grande représentation... Vous
n'ignorez pas les difficultés de la politique : l'aristocratie est à
reconstruire, en présence d'un Tiers-État formidable. La pensée
du Roi, que la France juge très-mal, est de créer dans la pairie
une institution nationale, analogue à celle de l'Angleterre. Pour
réaliser cette grande pensée, il nous faut des années et des mil-
lions... Noblesse oblige, le duc de Navarreins, qui, vous le savez,
est Premier Gentilhomme de la Chambre, ne nie pas sa dette,

mais il ne peut pas... (soyez raisonnable ? Jugez la politique ?
Nous sortons de l'abîme des révolutions. Vous êtes noble aussi !) donc il ne peut pas vous payer...

— Monsieur...

— Vous êtes vif, dit des Lupeaulx, écoutez ?... il ne peut
pas vous payer en argent ; hé ! bien, en homme d'esprit que
vous êtes, payez-vous en faveurs... royales ou ministérielles.

— Quoi, mon père aura donné en 1793, cent mille...

— Mon cher monsieur ne récriminez pas ! Écoutez une
proposition d'arithmétique politique : La recette de Sancerre
est vacante, un ancien payeur général des armées y a droit, mais
il n'a pas de chances ; vous avez des chances et vous n'y avez
aucun droit ; vous obtiendrez la recette. Vous exercerez pendant
un trimestre, vous donnerez votre démission et monsieur Gravier vous donnera vingt mille francs. De plus, vous serez décoré
de l'Ordre Royal de la Légion-d'Honneur.

— C'est quelque chose, dit le vigneron beaucoup plus
appâté par la somme que par le ruban.

— Mais, reprit des Lupeaulx, vous reconnaîtrez les bontés
de Son Excellence en rendant à Sa Seigneurie le duc de Navarreins tous vos titres...

Le vigneron revint à Sancerre en qualité de Receveur des
Contributions. Six mois après il fut remplacé par monsieur
Gravier, qui passait pour l'un des hommes les plus aimables de
la Finance sous l'Empire et qui naturellement fut présenté par
monsieur de La Baudraye à sa femme.

Dès qu'il ne fut plus Receveur, monsieur de La Baudraye
revint à Paris s'expliquer avec d'autres débiteurs. Cette fois, il
fut nommé Référendaire au Sceau, baron, et officier de la Légion-d'Honneur. Après avoir vendu la charge de Référendaire
au Sceau, le baron de La Baudraye fit quelques visites à ses
derniers débiteurs, et reparut à Sancerre avec le titre de Maître
des Requêtes, avec une place de Commissaire du Roi près d'une
Compagnie Anonyme établie en Nivernais, aux appointements

de six mille francs, une vraie sinécure. Le bonhomme La Baudraye, qui passa pour avoir fait une folie, financièrement parlant, fit donc une excellente affaire en épousant sa femme.

Grâce à sa sordide économie, à l'indemnité qu'il reçut pour les biens de son père nationalement vendus en 1793, le petit homme réalisa, vers 1827, le rêve de toute sa vie !... En donnant quatre cent mille francs comptant et prenant des engagements qui le condamnaient à vivre pendant six ans, selon son expression, de l'air du temps, il put acheter, sur les bords de la Loire, à deux lieues au-dessus de Sancerre, la terre d'Anzy dont le magnifique château bâti par Philibert de Lorme est l'objet de la juste admiration des connaisseurs. Il fut enfin compté parmi les grands propriétaires du pays ! Il n'est pas sûr que la joie causée par l'érection d'un majorat composé de la terre d'Anzy du fief de La Baudraye et du domaine de La Hautoy, en vertu de Lettres Patentes en date de décembre 1829, ait compensé les chagrins de Dinah qui se vit alors réduite à une secrète indigence jusqu'en 1835. Le prudent La Baudraye ne permit pas à sa femme d'habiter Anzy et d'y faire le moindre changement, avant le dernier payement du prix.

Ce coup d'œil sur la politique du premier baron de La Baudraye explique l'homme en entier. Ceux à qui les manies des gens de province sont familières reconnaîtront en lui *la passion de la terre*, passion dévorante, passion exclusive, espèce d'avarice étalée au soleil, et qui souvent mène à la ruine par un défaut d'équilibre entre les intérêts hypothécaires et les produits territoriaux. Les gens qui, de 1802 à 1827, se moquaient du petit La Baudraye en le voyant trotter à Saint-Thibault et s'y occuper de ses affaires avec l'âpreté d'un bourgeois vivant de sa vigne, ceux qui ne comprenaient pas son dédain de la faveur à laquelle il avait dû ses places aussitôt quittées qu'obtenues, eurent enfin le mot de l'énigme quand ce formicaleo sauta sur sa proie, après avoir attendu le moment où les prodigalités de la duchesse de Maufrigneuse amenèrent la vente de cette terre magnifique, depuis trois cents ans dans la maison d'Uxelles.

Madame Piédefer vint vivre avec sa fille. Les fortunes réunies de monsieur de La Baudraye et de sa belle-mère, qui s'était contentée d'une rente viagère de douze cents francs en abandonnant à son gendre le domaine de La Hautoy, composèrent un revenu visible d'environ quinze mille francs.

Pendant les premiers jours de son mariage, Dinah obtint des changements qui rendirent La Baudraye une maison très-agréable. Elle fit un jardin anglais d'une cour immense en y abattant des celliers, des pressoirs et des communs ignobles. Elle ménagea derrière le manoir, petite construction à tourelles et à pignons qui ne manquait pas de caractère, un second jardin à massifs, à fleurs, à gazons, et le sépara des vignes par un mur qu'elle cacha sous des plantes grimpantes. Enfin elle introduisit dans la vie intérieure autant de comfort que l'exiguïté des revenus le permit. Pour ne pas se laisser dévorer par une jeune personne aussi supérieure que Dinah paraissait l'être, monsieur de La Baudraye eut l'adresse de se taire sur les recouvrements qu'il faisait à Paris. Ce profond secret gardé sur ses intérêts donna je ne sais quoi de mystérieux à son caractère, et le grandit aux yeux de sa femme pendant les premières années de son mariage, tant le silence a de majesté !...

Les changements opérés à La Baudraye inspirèrent un désir d'autant plus vif de voir la jeune mariée, que Dinah ne voulut pas se montrer, ni recevoir, avant d'avoir conquis toutes ses aises, étudié le pays, et surtout le silencieux La Baudraye. Quand, par une matinée de printemps, en 1825, on vit, sur le Mail, la belle madame de La Baudraye en robe de velours bleu, sa mère en robe de velours noir, une grande clameur s'éleva dans Sancerre. Cette toilette confirma la supériorité de cette jeune femme, élevée dans la capitale du Berry. On craignit, en recevant ce phénix berruyer, de ne pas dire des choses assez spirituelles, et naturellement on se gourma devant madame de La Baudraye qui produisit une espèce de terreur parmi la gent femelle. Lorsqu'on admira dans le salon de La Baudraye un tapis façonné comme un cachemire, un meuble pompadour à bois dorés, des rideaux de brocatelle aux fenêtres, et sur une table ronde un cornet japonais plein de fleurs au milieu de

quelques livres nouveaux ; lorsqu'on entendit la belle Dinah
jouant à livre ouvert sans exécuter la moindre cérémonie pour se
mettre au piano, l'idée qu'on se faisait de sa supériorité prit de
grandes proportions. Pour ne [de ne] jamais se laisser gagner par
l'incurie et par le mauvais goût, Dinah avait résolu de se tenir
au courant des modes et des moindres révolutions du luxe en
entretenant une active correspondance avec Anna Grossetête,
son amie de cœur au pensionnat Chamarolles. Fille unique du
Receveur Général de Bourges, Anna, grâce à sa fortune, avait
épousé le troisième fils du comte de Fontaine. Les femmes, en
venant à La Baudraye, y furent alors constamment blessées par
la priorité que Dinah sut s'attribuer en fait de modes ; et quoi
qu'elles fissent, elles se virent toujours en arrière, ou, comme
disent les amateurs de courses, *distancées*. Si toutes ces petites
choses causèrent une maligne envie chez les femmes de Sancerre, la conversation et l'esprit de Dinah engendrèrent une
véritable aversion. Dans le désir d'entretenir son intelligence
au niveau du mouvement parisien, madame de La Baudraye ne
souffrit chez personne ni propos vides, ni galanterie arriérée,
ni phrases sans valeur ; elle se refusa net au clabaudage des petites nouvelles, à cette médisance de bas étage qui fait le fond
de la langue en province. Aimant à parler des découvertes dans
la science ou dans les arts, des œuvres fraîchement écloses au
théâtre, en poésie, elle parut remuer des pensées en remuant les
mots à la mode.

L'abbé Duret, curé de Sancerre, vieillard de l'ancien clergé
de France, homme de bonne compagnie à qui le jeu ne déplaisait pas, n'osait se livrer à son penchant dans un pays aussi
libéral que Sancerre, il fut donc très-heureux de l'arrivée de
madame de La Baudraye, avec laquelle il s'entendit admirablement. Le Sous-Préfet, un vicomte de Chargebœuf, fut enchanté
de trouver dans le salon de madame de La Baudraye une espèce d'oasis où l'on faisait trêve à la vie de province. Quant à
monsieur de Clagny, le Procureur du Roi, son admiration pour
la belle Dinah le cloua dans Sancerre. Ce passionné magistrat
refusa tout avancement, et se mit à aimer pieusement cet ange
de grâce et de beauté. C'était un grand homme sec, à figure

patibulaire ornée de deux yeux terribles, à orbites charbonnées, surmontées de deux sourcils énormes, et dont l'éloquence, bien différente de son amour, ne manquait pas de mordant.

Monsieur Gravier était un petit homme gros et gras qui, sous l'Empire, chantait admirablement la romance, et qui dut à ce talent le poste éminent de payeur-général d'armée. Mêlé à de grands intérêts en Espagne avec certains généraux en chef appartenant alors à l'opposition, il sut mettre à profit ces liaisons parlementaires auprès du Ministre, qui, par égard à sa position perdue, lui promit la recette de Sancerre, et finit par la lui laisser acheter. L'esprit léger, le ton du temps de l'Empire s'était alourdi chez monsieur Gravier, il ne comprit pas ou ne voulut pas comprendre la différence énorme qui sépara les mœurs de la Restauration de celles de l'Empire ; mais il se croyait bien supérieur à monsieur de Clagny, sa tenue était de meilleur goût, il suivait les modes, il se montrait en gilet jaune, en pantalon gris, en petites redingotes serrées, il avait au cou des cravates de soieries à la mode ornées de bagues à diamants ; tandis que le Procureur du Roi ne sortait pas de l'habit, du pantalon et du gilet noirs, souvent râpés.

Ces quatre personnages s'extasièrent, les premiers, sur l'instruction, le bon goût, la finesse de Dinah, et la proclamèrent une femme de la plus haute intelligence. Les femmes se dirent alors entre elles : — Madame de La Baudraye doit joliment se moquer de nous... Cette opinion, plus ou moins juste, eut pour résultat d'empêcher les femmes d'aller à La Baudraye. Atteinte et convaincue de pédantisme parce qu'elle parlait correctement, Dinah fut surnommée la Sapho de Saint-Satur. Chacun finit par se moquer effrontément des prétendues grandes qualités de celle qui devint ainsi l'ennemie des Sancerroises. Enfin on alla jusqu'à nier une supériorité, purement relative d'ailleurs, qui relevait les ignorances et ne leur pardonnait point. Quand tout le monde est bossu, la belle taille devient la monstruosité ; Dinah fut donc regardée comme monstrueuse et dangereuse, et le désert se fit autour d'elle. Étonnée de ne voir les femmes, malgré ses avances, qu'à de longs intervalles et pendant des visites de quelques minutes, Dinah demanda la raison de ce phénomène à monsieur de Clagny.

— Vous êtes une femme trop supérieure pour que les autres femmes vous aiment, répondit le Procureur du Roi.

Monsieur Gravier, que la pauvre délaissée interrogea, se fit énormément prier pour lui dire : — Mais, belle dame, vous ne vous contentez pas d'être charmante, vous avez de l'esprit, vous êtes instruite, vous êtes au fait de tout ce qui s'écrit, vous aimez la poésie, vous êtes musicienne, et vous avez une conversation ravissante : les femmes ne pardonnent pas tant de supériorités !...

Les hommes dirent à monsieur de La Baudraye : — Vous qui avez une femme supérieure, vous êtes bien heureux... Et il finit par dire : — Moi qui ai une femme supérieure, je suis bien, etc...

Madame Piédefer, flattée dans sa fille, se permit aussi de dire des choses dans ce genre : — Ma fille, qui est une femme très-supérieure, écrivait hier à madame de Fontaine telles, telles choses.

Pour qui connaît le monde, la France, Paris, n'est-il pas vrai que beaucoup de célébrités se sont établies ainsi ?

Au bout de deux ans, vers la fin de l'année 1825, Dinah de La Baudraye fut accusée de ne vouloir recevoir que des hommes ; puis on lui fit un crime de son éloignement pour les femmes. Pas une de ses démarches, même la plus indifférente, ne passait sans être critiquée, ou dénaturée. Après avoir fait tous les sacrifices qu'une femme bien élevée pouvait faire, et avoir mis les procédés de son côté, madame de La Baudraye eut le tort de répondre à une fausse amie qui vint déplorer son isolement : — J'aime mieux mon écuelle vide que rien dedans !

Cette phrase produisit des effets terribles dans Sancerre, et fut, plus tard, cruellement retournée contre la Sapho de Saint-Satur, quand, en la voyant sans enfants après cinq ans de mariage, on se moqua du petit La Baudraye.

Pour faire comprendre cette plaisanterie de province, il est nécessaire de rappeler au souvenir de ceux qui l'ont connu, le Bailli de Ferrette, de qui l'on disait qu'il était l'homme le plus courageux de l'Europe parce qu'il osait marcher sur ses deux jambes, et qu'on accusait aussi de mettre du plomb dans ses souliers, pour ne pas être emporté par le vent. Monsieur de La Baudraye, petit homme jeune et quasi diaphane, eût été pris par le Bailli de Ferrette pour premier gentilhomme de sa chambre, si ce diplomate eût été quelque peu Grand-Duc de Bade au lieu d'en être l'envoyé. Monsieur de La Baudraye dont les jambes étaient si grêles qu'il mettait par décence de faux mollets, dont les cuisses ressemblaient au bras d'un homme bien constitué, dont le torse figurait assez bien le corps d'un hanneton, eût été pour le bailli de Ferrette une flatterie perpétuelle. En marchant, le petit vigneron retournait souvent ses mollets sur le tibia, tant il en faisait peu mystère, et remerciait ceux qui l'avertissaient de ce léger contre-sens. Il conserva les culottes courtes, les bas de soie noirs et le gilet blanc jusqu'en 1824. Après son mariage, il porta des pantalons bleus et des bottes à talons, ce qui fit dire à tout Sancerre qu'il s'était donné deux pouces pour atteindre au menton de sa femme. On lui vit pendant dix ans la même petite redingote vert-bouteille à grands boutons de métal blancs, et une cravate noire qui faisait ressortir sa figure froide et chafouine, éclairée par des yeux d'un gris bleu, fins et calmes comme des yeux de chat. Doux comme tous les gens qui suivent un plan de conduite, il paraissait rendre sa femme très-heureuse en ayant l'air de ne jamais la contrarier, il lui laissait la parole, et se contentait d'agir avec la lenteur mais avec la ténacité d'un insecte.

Adorée pour sa beauté sans rivale, admirée pour son esprit par les hommes *les plus comme il faut* de Sancerre, Dinah entretint cette admiration par des conversations auxquelles, dit-on plus tard, elle se préparait. En se voyant écoutée avec extase, elle s'habitua par degrés à s'écouter aussi, prit plaisir à pérorer, et finit par regarder ses amis comme autant de confidents de tragédie destinés à lui donner la réplique. Elle se procura d'ailleurs une fort belle collection de phrases et d'idées, soit par ses lectures, soit en s'assimilant les pensées de ses habitués, et devint ainsi une espèce de serinette dont les airs partaient dès qu'un accident de la conversation en accrochait la détente. Altérée de savoir, rendons-lui cette justice, Dinah lut tout jusqu'à des livres de médecine, de statistique, de science, de jurisprudence ; car elle ne savait à quoi employer ses matinées, après avoir passé ses fleurs en revue et donné ses ordres au jardinier. Douée d'une belle mémoire, et de ce talent avec lequel certaines femmes se servent du mot propre, elle pouvait parler sur toute chose avec la lucidité d'un style étudié. Aussi, de Cosne, de La Charité, de Nevers sur la rive droite, et de Léré, de Vailly, d'Argent, de Blancafort, d'Aubigné sur la rive gauche, venait-on se faire présenter à madame de La Baudraye, comme en Suisse on se faisait présenter à madame de Staël. Ceux qui n'entendaient qu'une seule fois les airs de cette tabatière suisse, s'en allaient étourdis et disaient de Dinah des choses merveilleuses qui rendirent les femmes jalouses à dix lieues à la ronde.

Il existe dans l'admiration qu'on inspire, ou dans l'action d'un rôle joué je ne sais quelle griserie morale qui ne permet pas à la critique d'arriver à l'idole. Une atmosphère produite peut-être par une constante dilatation nerveuse fait comme un nimbe à travers lequel on voit le monde au-dessous de soi. Comment expliquer autrement la perpétuelle bonne foi qui préside à tant de nouvelles représentations des mêmes effets, et la continuelle méconnaissance du conseil que donnent ou les enfants, si terribles pour leurs parents, ou les maris si familiarisés avec les innocentes roueries de leurs femmes ? Monsieur de La Baudraye avait la candeur d'un homme qui déploie un parapluie aux premières gouttes tombées : quand sa femme entamait la question de la traite des nègres, ou l'amélioration du sort des forçats, il prenait sa petite casquette bleue et s'évadait sans bruit avec la certitude de pouvoir aller à Saint-Thibault surveiller une livraison de poinçons, et revenir une heure après en retrouvant la discussion à peu près mûrie. S'il n'avait rien à faire, il allait se promener sur le Mail d'où se découvre l'admirable panorama de la vallée de la Loire, et prenait un bain d'air pendant que sa femme exécutait une sonate de paroles et des duos de dialectique.

Une fois posée en femme supérieure, Dinah voulut donner des gages visibles de son amour pour les créations les plus remarquables de l'Art ; car elle s'associa vivement aux idées de l'école romantique en comprenant dans l'Art, la poésie et la peinture, la page et la statue, le meuble et l'opéra. Aussi devint-elle moyen-âgiste. Elle s'enquit des curiosités qui pouvaient dater de la Renaissance, et fit de ses fidèles autant de commissionnaires dévoués. Elle acquit ainsi, dans les premiers jours de son mariage, le mobilier des Rouget à Issoudun, lors de la vente qui eut lieu vers le commencement de 1824. Elle acheta de fort belles choses en Nivernais et dans la Haute-Loire. Aux étrennes, ou le jour de sa fête, ses amis ne manquaient jamais à lui offrir quelques raretés. Ces fantaisies trouvèrent grâce aux yeux de monsieur de La Baudraye, il eut l'air de sacrifier quelques écus au goût de sa femme ; mais, en réalité, l'homme aux terres songeait à son château d'Anzy. Ces *antiquités* coûtaient alors beaucoup moins que des meubles modernes. Au bout de cinq ou six ans, l'antichambre, la salle à manger, les deux salons et le boudoir que Dinah s'était arrangés au rez-de-chaussée de La Baudraye, tout, jusqu'à la cage de l'escalier, regorgea de chefs-d'œuvre triés dans les quatre départements environnants. Cet entourage, qualifié d'étrange dans le pays, fut en harmonie avec Dinah. Ces merveilles sur le point de revenir à la mode frappaient l'imagination des gens présentés, ils s'attendaient à des conceptions bizarres et ils trouvaient leur attente surpassée en voyant à travers un monde de fleurs ces catacombes de vieilleries disposées comme chez feu du Sommerard, cet *Old Mortality* des meubles ! Ces trouvailles étaient d'ailleurs autant de ressorts qui, sur une question, faisaient jaillir des tirades sur Jean Goujon, sur Michel Columb, sur Germain Pilon, sur Boulle, sur Van Huysium, sur Boucher, ce grand peintre berrichon ; sur Clodion le sculpteur en bois, sur les placages vénitiens, sur Brustolone, ténor italien, le Michel-Ange des cadres ; sur les treizième, quatorzième, quinzième, seizième et dix-septième siècles, sur les émaux de Bernard de Palissy, sur ceux de Petitot, sur les gravures d'Albrecht Durer (elle prononçait *Dur*), sur les vélins enluminés, sur le gothique fleuri, flamboyant, orné, pur à renverser les vieillards et à enthousiasmer les jeunes gens.

Animée du désir de vivifier Sancerre, madame de La Baudraye tenta d'y former une Société dite Littéraire. Le président du tribunal, monsieur Boirouge, qui se trouvait alors sur les bras une maison à jardin provenant de la succession Popinot-Chandier, favorisa la création de cette Société. Ce rusé magistrat vint s'entendre sur les statuts avec madame de La Baudraye, il voulut être un des fondateurs, et loua sa maison pour quinze ans à la Société Littéraire. Dès la seconde année, on y jouait aux dominos, au billard, à la bouillotte, en buvant du vin chaud sucré, du punch et des liqueurs. On y fit quelques petits soupers fins, et l'on y donna des bals masqués au carnaval. En fait de littérature, on y lut les journaux, l'on y parla politique, et l'on y causa d'affaires. Monsieur de La Baudraye y allait assidument, à cause de sa femme, disait-il plaisamment.

Ces résultats navrèrent cette femme supérieure, qui désespéra de Sancerre, et concentra dès lors dans son salon tout l'esprit du pays. Néanmoins, malgré la bonne volonté de messieurs de Chargebœuf, Gravier, de Clagny, de l'abbé Duret, des premier et second substituts, d'un jeune médecin, d'un jeune juge-suppléant, aveugles admirateurs de Dinah, il y eut des moments où, de guerre lasse, on se permit des excursions dans le domaine des agréables futilités qui composent le fonds commun des conversations du monde. Monsieur Gravier appelait cela : *passer du grave au doux*. Le wisth de l'abbé Duret faisait une utile diversion aux quasi-monologues de la Divinité. Les trois rivaux, fatigués de tenir leur esprit tendu sur des *discussions de l'ordre le plus élevé*, car ils caractérisaient ainsi leurs conversations, mais n'osant témoigner la moindre satiété, se tournaient parfois d'un air câlin vers le vieux prêtre.

— Monsieur le curé meurt d'envie de faire sa petite partie, disaient-ils.

Le spirituel curé se prêtait assez bien à l'hypocrisie de ses complices, il résistait, il s'écriait : — Nous perdrions trop à ne pas écouter notre belle inspirée ! Et il stimulait la générosité de Dinah qui finissait par avoir pitié de son cher curé.

Cette manœuvre hardie inventée par le Sous-Préfet fut pratiquée avec tant d'astuce que Dinah ne soupçonna jamais l'évasion de ses forçats dans le préau de la table à jouer. On lui laissait alors le jeune substitut ou le médecin à gehenner. Un jeune propriétaire, le dandy de Sancerre, perdit les bonnes grâces de Dinah pour quelques imprudentes démonstrations. Après avoir sollicité l'honneur d'être admis dans ce Cénacle, en se flattant d'en enlever la fleur aux autorités constituées qui la cultivaient, il eut le malheur de bâiller pendant une explication que Dinah daignait lui donner, pour la quatrième fois il est vrai, de la philosophie de Kant. Monsieur de La Thaumassière, le petit-fils de l'historien de Berry, fut regardé comme un homme complétement dépourvu d'intelligence et d'âme.

Les trois amoureux en titre se soumettaient à ces exorbitantes dépenses d'esprit et d'attention dans l'espoir du plus doux des triomphes, au moment où Dinah s'humaniserait, car aucun d'eux n'eût l'audace de penser qu'elle perdrait son innocence conjugale avant d'avoir perdu ses illusions. En 1826, époque à laquelle Dinah se vit entourée d'hommages, elle atteignait à sa vingtième année, et l'abbé Duret la maintenait dans une espèce de ferveur catholique ; les adorateurs de Dinah se contentaient donc de l'accabler de petits soins, ils la comblaient de services, d'attentions, heureux d'être pris pour les chevaliers d'honneur de cette reine par les gens présentés qui passaient une ou deux soirées à La Baudraye.

— Madame de La Baudraye est un fruit qu'il faut laisser mûrir, telle était l'opinion de monsieur Gravier qui attendait.

Quant au magistrat, il écrivait des lettres de quatre pages auxquelles Dinah répondait par des paroles calmantes en tournant après le dîner autour de son boulingrin, en s'appuyant sur le bras de son adorateur. Gardée par ces trois passions, madame de La Baudraye, d'ailleurs accompagnée de sa dévote mère, évita tous les malheurs de la médisance. Il fut si patent dans Sancerre qu'aucun de ces trois hommes n'en laissait un seul près de madame de La Baudraye que leur jalousie y donnait la comédie. Pour aller de la Porte-César à Saint-Thibault, il existe un chemin beaucoup plus court que celui des Grands-Remparts, et que dans les pays de montagnes on appelle *une coursière*, mais qui se nomme à Sancerre *le Casse-cou*. Ce nom indique assez un sentier tracé sur la pente la plus roide de la montagne, encombré de pierres et encaissé par les talus des clos de vignes. En prenant le Casse-cou, l'on abrège la route de Sancerre à La Baudraye. Les femmes, jalouses de la Sapho de Saint-Satur, se promenaient sur le Mail pour regarder ce Longchamps des autorités, que souvent elles arrêtaient en engageant dans quelque conversation tantôt le Sous-Préfet, tantôt le Procureur du Roi qui donnaient alors les marques d'une visible impatience ou d'une impertinente distraction. Comme du Mail on découvre les tourelles de La Baudraye, plus d'un jeune homme y venait contempler la demeure de Dinah en enviant le privilége des dix ou douze habitués qui passaient la soirée auprès de la reine du Sancerrois. Monsieur de La Baudraye eut bientôt remarqué l'ascendant que sa qualité de mari lui donnait sur les galants de sa femme, et il se servit d'eux avec la plus entière candeur, il obtint des dégrèvements de contribution, et gagna deux procillons. Dans tous ses litiges, il fit pressentir l'autorité du Procureur du Roi de manière à ne plus se rien voir contester, et il était difficultueux et processif en affaires comme tous les nains, mais toujours avec douceur.

Néanmoins, plus l'innocence de madame de La Baudraye éclatait, moins sa situation devenait possible aux yeux curieux des femmes. Souvent, chez la présidente Boirouge, les dames d'un certain âge discutaient pendant des soirées entières, entre elles bien entendu, sur le ménage La Baudraye. Toutes pressentaient un de ces mystères dont le secret intéresse vivement les femmes à qui la vie est connue. Il se jouait en effet à La Baudraye une de ces longues et monotones tragédies conjugales qui demeureraient éternellement inconnues, si l'avide scalpel du Dix-Neuvième Siècle n'allait pas, conduit par la nécessité de trouver du nouveau, fouiller les coins les plus obscurs du cœur, ou, si vous voulez, ceux que la pudeur des siècles précédents avait respectés. Et ce drame domestique explique assez bien la vertu de Dinah pendant les premières années de son mariage.

Une jeune fille dont les succès au pensionnat Chamarolles avaient eu l'orgueil pour ressort, dont le premier calcul avait été récompensé par une première victoire, ne devait pas s'arrêter en si beau chemin. Quelque chétif que parût être monsieur de La Baudraye, il fut, pour mademoiselle Dinah Piédefer, un parti vraiment inespéré. Quelle pouvait être l'arrière-pensée de ce vigneron, en se mariant à quarante-quatre ans avec une jeune fille de dix-sept ans, et quel parti sa femme pouvait-elle tirer de lui ? Tel fut le premier texte des méditations de Dinah. Le petit homme trompa perpétuellement l'observation de sa femme. Ainsi, tout d'abord, il laissa prendre les deux précieux hectares perdus en agrément autour de La Baudraye, et il donna presque généreusement les sept à huit mille francs nécessaires aux arrangements intérieurs dirigés par Dinah qui put acheter à Issoudun le mobilier Rouget, et entreprendre chez elle le système de ses décorations Moyen-Âge, Louis XIV et Pompadour. La jeune mariée eut alors peine à croire que monsieur de La Baudraye fût avare, comme on le lui disait, ou elle put penser avoir conquis un peu d'ascendant sur lui. Cette erreur dura dix-huit mois. Après le second voyage de monsieur de La Baudraye à Paris, Dinah reconnut chez lui la froideur polaire des avares de province en tout ce qui concernait l'argent. A la première demande de capitaux, elle joua la plus gracieuse de ces comédies dont le secret vient d'Ève ; mais le petit homme expliqua nettement à sa femme qu'il lui donnait deux cents francs par mois pour sa dépense personnelle, qu'il servait douze cents francs de rente viagère à madame Piédefer pour le domaine de La Hautoy, qu'ainsi les mille écus de la dot étaient dépassés d'une somme de deux cents francs par an.

— Je ne vous parle pas des dépenses de notre maison, dit-il en terminant, je vous laisse offrir des brioches et du thé le soir à vos amis, car il faut que vous vous amusiez ; mais, moi qui ne dépensais pas quinze cents francs par an avant mon mariage, je dépense aujourd'hui six mille francs, y compris les impositions, les réparations, et c'est un peu trop, eu égard à la nature de nos biens. Un vigneron n'est jamais sûr que de sa dépense : les façons, les impôts, les tonneaux ; tandis que la recette dépend d'un coup de soleil ou d'une gelée. Les petits propriétaires, comme nous, dont les revenus sont loin d'être fixes, doivent *tabler* sur leur minimum, car ils n'ont aucun moyen de réparer un excédant de dépense ou une perte. Que deviendrions-nous, si un marchand de vin faisait faillite ? Aussi, pour moi, des billets à toucher sont-ils des feuilles de chou. Pour vivre comme nous vivons, nous devons donc avoir sans cesse une année de revenus devant nous, et ne compter que sur les deux tiers de nos rentes.

Il suffit d'une résistance quelconque pour qu'une femme désire la vaincre, et Dinah se heurta contre une âme de bronze cotonnée des manières les plus douces. Elle essaya d'inspirer des craintes et de la jalousie à ce petit homme, mais elle le trouva cantonné dans la tranquillité la plus insolente. Il quittait Dinah pour aller à Paris, avec la certitude qu'aurait eu Médor de la fidélité d'Angélique. Quand elle se fit froide et dédaigneuse, pour piquer au vif cet avorton par le mépris que les courtisanes emploient envers leurs protecteurs et qui agit sur eux avec la précision d'une vis de pressoir, monsieur de La Baudraye attacha sur sa femme ses yeux fixes comme ceux d'un chat qui, devant un trouble domestique, attend la menace d'un coup avant de quitter la place. L'espèce d'inquiétude inexplicable qui perçait à travers cette muette indifférence épouvanta presque cette jeune femme de vingt ans, elle ne comprit pas tout d'abord l'égoïste tranquillité de cet homme comparable à un pot fêlé, qui, pour vivre, avait réglé les mouvements de son existence avec la précision fatale que les horlogers donnent à leurs pendules. Aussi le petit homme échappait-il sans cesse à sa femme, elle le combattait toujours à dix pieds au-dessus de la tête.

Il est plus facile de comprendre que de dépeindre les rages auxquelles se livra Dinah, quand elle se vit condamnée à ne pas sortir de La Baudraye, ni de Sancerre, elle qui rêvait le maniement de la fortune et la direction de ce nain à qui, dès l'abord [d'abord], géante, elle avait obéi pour commander. Dans l'espoir de débuter un jour sur le grand théâtre de Paris, elle acceptait le vulgaire encens de ses chevaliers d'honneur, elle voulait faire sortir le nom de monsieur de La Baudraye de l'urne électorale, car elle lui crut de l'ambition en le voyant revenir par trois fois de Paris après avoir gravi chaque fois un nouveau bâton de l'échelle sociale. Mais, quand elle interrogea le cœur de cet homme, elle frappa comme sur du marbre !... L'ex-receveur, l'ex-référendaire, le maître des requêtes, l'officier de la Lé- gion-d'Honneur, le commissaire royal était une taupe occupée à tracer ses souterrains autour d'une pièce de vigne ! Quelques élégies furent alors versées dans le cœur du Procureur du Roi, du Sous-Préfet, et même de monsieur Gravier, qui, tous, en devinrent plus attachés à cette sublime victime ; car elle se garda bien, comme toutes les femmes d'ailleurs, de parler de ses calculs, et, comme toutes les femmes aussi en se voyant hors d'état de spéculer, elle honnit la spéculation.

Dinah, battue par ces tempêtes intérieures, atteignit, indécise, à l'année 1827, où, vers la fin de l'automne, éclata la nouvelle de l'acquisition de la terre d'Anzy par le baron de La Baudraye. Ce petit vieux eut alors un mouvement de joie orgueilleuse qui changea, pour quelques mois, les idées de sa femme ; elle crut à je ne sais quoi de grand chez lui en lui voyant solliciter l'érection d'un majorat. Dans son triomphe, le petit baron s'écria : — Dinah, vous serez comtesse un jour ! Il se fit alors, entre les deux époux, de ces replâtrages qui ne tiennent pas, et qui devaient fatiguer autant qu'humilier une femme dont les supériorités apparentes étaient fausses, et dont les supériorités cachées étaient réelles. Ce contre-sens bizarre est plus fréquent qu'on ne le pense. Dinah, qui se rendait ridicule par les travers de son esprit, était grande par les qualités de son âme ; mais les circonstances ne mettaient pas ces forces rares en lumière, tandis que la vie de province adultérait de jour en jour la petite monnaie de son esprit. Par un phénomène contraire, monsieur de La Baudraye, sans force, sans âme et sans esprit, devait paraître un jour avoir un grand caractère en suivant tran- quillement un plan de conduite d'où sa débilité ne lui permet- tait pas de sortir.

Ceci fut, dans cette existence, une première phase qui dura six ans, et pendant laquelle Dinah devint, hélas ! une femme de province. A Paris, il existe plusieurs espèces de femmes ; il y a la duchesse et la femme du financier, l'ambassadrice et la femme du consul, la femme du ministre qui est ministre et la femme de celui qui ne l'est plus ; il y a la femme comme il faut de la rive droite et celle de la rive gauche de la Seine ; mais en province il n'y a qu'une femme, et cette pauvre femme est la femme de province. Cette observation indique une des grandes plaies de notre société moderne. Sachons-le bien ! la France au dix-neuvième siècle est partagée en deux grandes zones : Paris et la province ; la province jalouse de Paris, Paris ne pensant à la province que pour lui demander de l'argent. Autrefois, Paris était la première ville de province, la Cour primait la Ville ; maintenant Paris est toute la Cour, la Province est toute la Ville. Quelque grande, quelque belle, quelque forte que soit à son début une jeune fille née dans un département quelconque ; si, comme Dinah Piédefer, elle se marie en province et si elle y reste, elle devient bientôt femme de province. Malgré ses projets arrêtés, les lieux communs, la médiocrité des idées, l'insouciance de la toilette, l'horticulture des vulgarités envahissent l'être sublime caché dans cette âme neuve, et tout est dit, la belle plante dépérit. Comment en serait-il autrement ? Dès leur bas âge, les jeunes filles de province ne voient que des gens de province autour d'elles, elles n'inventent pas mieux, elles n'ont à choisir qu'entre des médiocrités, les pères de province ne marient leurs filles qu'à des garçons de province ; personne n'a l'idée de croiser les races, l'esprit s'abâtardit nécessairement ; aussi, dans beaucoup de villes, l'intelligence est-elle devenue aussi rare que le sang y est laid. L'homme s'y rabougrit sous les deux espèces, car la sinistre idée des convenances de fortune y domine toutes les conventions matrimoniales. Les gens de talent, les artistes, les hommes supérieurs, tout coq à plumes éclatantes s'envole à Paris. Inférieure comme femme, une femme de province est encore inférieure par son mari. Vivez donc heureuse avec ces deux pensées écrasantes ? Mais l'infériorité conjugale et l'infériorité radicale de la femme de province sont aggravées d'une troisième et terrible infériorité qui contribue à rendre cette figure sèche et sombre, à la rétrécir, à l'amoindrir, à la grimer fatalement. L'une des plus agréables flatteries que les femmes s'adressent à elles-mêmes n'est-elle pas la certitude d'être pour quelque chose dans la vie d'un homme supérieur choisi par elles en connaissance de cause, comme pour prendre leur revanche du mariage où leurs goûts ont été peu consultés ? Or, en province, s'il n'y a point de supériorité chez les maris, il en existe encore moins chez les célibataires. Aussi, quand la femme de province commet sa petite faute, s'est-elle toujours éprise d'un prétendu bel homme ou d'un dandy indigène, d'un garçon qui porte des gants, qui passe pour savoir monter à cheval ; mais, au fond de son cœur, elle sait que ses vœux poursuivent un lieu commun plus ou moins bien vêtu. Dinah fut préservée de ce danger par l'idée qu'on lui avait donnée de sa supériorité. Elle n'eût pas été pendant les premiers jours de son mariage aussi bien gardée qu'elle le fut par sa mère, dont la présence, ne lui fut importune qu'au moment où elle eut intérêt à l'écarter, elle aurait été gardée par son orgueil, et par la hauteur à laquelle elle plaçait ses destinées. Assez flattée de se voir entourée d'admirateurs, elle ne vit pas d'amant parmi eux. Aucun homme ne réalisa le poétique idéal qu'elle avait jadis crayonné de concert avec Anna Grossetête. Quand, vaincue par les tentations involontaires que les hommages éveillaient en elle, elle se dit : — Qui choisirais-je, s'il fallait absolument se donner ? elle se sentit une préférence pour monsieur de Chargebœuf, gentilhomme de bonne maison dont la personne et les manières lui plaisaient, mais dont l'esprit froid, dont l'égoïsme, dont l'ambition bornée à une préfecture et à un bon mariage la révoltaient. Au premier mot de sa famille, qui craignit de lui voir perdre sa vie pour une intrigue, le vicomte avait déjà laissé sans remords dans sa première sous-préfecture une femme adorée. Au contraire la personne de monsieur de Clagny, le seul dont l'esprit parlât à celui de Dinah, dont l'ambition avait l'amour pour principe et qui savait aimer, lui déplaisait souverainement. Quand elle fut condamnée à rester encore six ans à La Baudraye, elle allait accepter les soins de monsieur le vicomte de Chargebœuf ; mais il fut nommé préfet et quitta le pays. Au grand contentement du Procureur du Roi, le nouveau Sous-Préfet fut un homme marié dont la femme devint intime avec Dinah. Monsieur de Clagny n'eut plus à combattre d'autre rivalité que celle de monsieur Gravier. Or monsieur Gravier était le type du quadragénaire dont se servent et dont se moquent les femmes, dont les espérances sont savamment et sans remords entretenues par elles comme on a soin d'une bête de somme. En six ans, parmi tous les gens qui lui furent présentés, de vingt lieues à la ronde, il ne s'en trouva pas un seul à l'aspect de qui Dinah ressentit cette commotion que cause la beauté, la croyance au bonheur, le choc d'une âme supérieure, ou le pressentiment d'un amour quelconque, même malheureux.

Aucune des précieuses facultés de Dinah ne put donc se développer, elle dévora les blessures faites à son orgueil constamment opprimé par son mari qui se promenait si paisiblement et en comparse sur la scène de sa vie. Obligée d'enterrer les trésors de son amour, elle ne livra que des dehors à sa société. Par moments, elle se secouait, elle voulait prendre une résolution virile ; mais elle était tenue en lisières par la question d'argent. Ainsi, lentement et malgré les protestations ambitieuses, malgré les récriminations élégiaques de son esprit, elle subissait les transformations provinciales qui viennent d'être décrites. Chaque jour emportait un lambeau de ses premières résolutions. Elle s'était écrit un programme de soins de toilette que par degrés elle abandonna. Si, d'abord, elle suivit les modes, si elle se tint au courant des petites inventions du luxe, elle fut forcée de restreindre ses achats au chiffre de sa pension. Au lieu de quatre chapeaux, de six bonnets, de six robes, elle se contenta d'une robe par saison. On la trouva si jolie dans un certain chapeau qu'elle fit servir le chapeau l'année suivante. Il en fut de tout ainsi. Souvent elle immola les exigences de sa toilette au désir d'avoir un meuble gothique. Elle en arriva, dés la septième année, à trouver commode de faire faire sous ses yeux ses robes du matin par la plus habile couturière du pays. Sa mère, son mari, ses amis la trouvèrent charmante ainsi. Comme elle n'avait sous les yeux aucun terme de comparaison, elle tomba dans les piéges tendus aux femmes de province. Si une Parisienne n'a pas les hanches assez bien dessinées, son esprit inventif et l'envie de plaire lui font trouver quelque remède héroïque ; si elle a quelque vice, quelque grain de laideur, une tare quelconque, elle est capable d'en faire un agrément, cela se voit souvent : mais la femme de province, jamais ! Si sa taille est trop courte, si son embonpoint se place mal, eh ! bien, elle en prend son parti, et ses adorateurs, sous peine de ne pas l'aimer, doivent l'accepter comme elle est, tandis que la Parisienne veut toujours être prise pour ce qu'elle n'est pas. De là ces tournures grotesques, ces maigreurs effrontées, ces ampleurs ridicules, ces lignes disgracieuses offertes avec ingénuité, auxquelles toute une ville s'est habituée, et qui étonnent quand une femme de province se produit à Paris ou devant des Parisiens. Dinah, dont la taille était svelte, la fit valoir à outrance et ne s'aperçut point du moment où elle devint ridicule, où, l'ennui l'ayant maigrie, elle parut être un squelette habillé. Ses amis, en la voyant tous les jours, ne remarquaient point les changements insensibles de sa personne. Ce phénomène est un des résultats naturels de la vie de province. Malgré le mariage, une jeune fille reste encore pendant quelque temps belle, la ville en est fière ; mais chacun la voit tous les jours, et quand on se voit tous les jours, l'observation se blase. Si, comme madame de La Baudraye, elle perd un peu de son éclat, on s'en aperçoit à peine. Il y a mieux, une petite rougeur, on la comprend, on s'y intéresse. Une petite négligence est adorée. D'ailleurs la physionomie est si bien étudiée, si bien comprise, que les légères altérations sont à peine remarquées, et peut-être finit-on par les regarder comme des grains de beauté. Quand Dinah ne renouvela plus sa toilette par saison, elle parut avoir fait une concession à la philosophie du pays.

Il en est du parler, des façons du langage, et des idées, comme du sentiment : l'esprit se rouille aussi bien que le corps, s'il ne se renouvelle pas dans le milieu parisien ; mais ce en quoi la vie de province se signe le plus, est le geste, la démarche, les mouvements, qui perdent cette agilité que Paris communique incessamment. La femme de province est habituée à marcher,

à se mouvoir dans une sphère sans accidents, sans transitions ;
elle n'a rien à éviter, elle va comme les recrues, dans Paris, en
ne se doutant pas qu'il y ait des obstacles : car il ne s'en trouve
pas pour elle dans sa province où elle est connue, où elle est
toujours à sa place et où tout le monde lui fait place. La femme
perd alors le charme de l'imprévu. Enfin, avez-vous remarqué
le singulier phénomène de la réaction que produit sur l'homme
la vie en commun ? Les êtres tendent, par le sens indélébile de
l'imitation simiesque, à se modeler les uns sur les autres. On
prend, sans s'en apercevoir, les gestes, les façons de parler, les at-
titudes, les airs, le visage les uns des autres, En six ans, Dinah se
mit au diapason de sa société. En prenant les idées de monsieur
de Clagny, elle en prit le son de voix ; elle imita sans s'en apercevoir les manières masculines en ne voyant que des hommes : elle
crut se garantir de tous leurs ridicules en s'en moquant ; mais
comme il arrive à certains railleurs, il resta quelques teintes de
cette moquerie dans sa nature. Une Parisienne a trop d'exemples
de bon goût pour que le phénomène contraire n'arrive pas.
Ainsi, les femmes de Paris attendent l'heure et le moment de se
faire valoir ; tandis que madame de La Baudraye, habituée à se
mettre en scène, contracta je ne sais quoi de théâtral et de domi-
nateur, un air de *prima donna* entrant en scène que des sourires
moqueurs eussent bientôt réformés à Paris.

Quand elle eut acquis son fonds de ridicules, et que,
trompée par ses adorateurs enchantés, elle crut avoir acquis des
grâces nouvelles, elle eut un moment de réveil terrible qui fut
comme l'avalanche tombée de la montagne. Dinah fut ravagée
en un jour par une affreuse comparaison.

En 1828, après le départ de monsieur de Chargebœuf,
elle fut agitée par l'attente d'un petit bonheur : elle allait revoir
la baronne de Fontaine. A la mort de son père, le mari d'Anna,
devenu Directeur-Général au Ministère des Finances, mit à profit un congé pour mener sa femme en Italie pendant son deuil.
Anna voulut s'arrêter un jour à Sancerre chez son amie d'enfance. Cette entrevue eut je ne sais quoi de funeste. Anna, beaucoup moins belle au pensionnat Chamarolles que Dinah, parut
en baronne de Fontaine mille fois plus belle que la baronne de

La Baudraye, malgré sa fatigue et son costume de route. Anna descendit d'un charmant coupé de voyage chargé des cartons de la Parisienne : elle avait avec elle une femme de chambre dont l'élégance effraya Dinah. Toutes les différences qui distinguent la Parisienne de la femme de province éclatèrent aux yeux intelligents de Dinah, elle se vit alors telle qu'elle paraissait à son amie qui la trouva méconnaissable. Anna dépensait six mille francs par an pour elle, le total de ce que coûtait la maison de monsieur de La Baudraye. En vingt-quatre heures, les deux amies échangèrent bien des confidences ; et la Parisienne, se trouvant supérieure au phénix du pensionnat Chamarolles, eut pour son amie de province de ces bontés, de ces attentions, en lui expliquant certaines choses, qui firent de bien autres blessures à Dinah : car la provinciale reconnut que les supériorités de la Parisienne étaient en surface ; tandis que les siennes étaient à jamais enfouies.

Après le départ d'Anna, madame de La Baudraye, alors âgée de vingt-deux ans, tomba dans un désespoir sans bornes.

— Qu'avez-vous ? lui dit monsieur de Clagny en la voyant si abattue.

— Anna apprenait à vivre, dit-elle, pendant que j'apprenais à souffrir...

Il se jouait, en effet, dans le ménage de madame de La Baudraye une tragi-comédie en harmonie avec ses luttes relativement à la fortune, avec ses transformations successives, et dont, après l'abbé Duret, monsieur de Clagny seul eut connaissance, lorsque Dinah, par désœuvrement, par vanité peut être, lui livra le secret de sa gloire anonyme.

Quoique l'alliance des vers et de la prose soit vraiment monstrueuse dans la littérature française, il est néanmoins des exceptions à cette règle. Cette histoire offrira donc une des deux violations qui, dans ces Études, seront commises envers la charte du Conte ; car, pour faire entrevoir les luttes intimes qui peuvent excuser Dinah sans l'absoudre, il est nécessaire d'analyser un poème, le fruit de son profond désespoir.

Mise à bout de sa patience et de sa résignation par le départ du vicomte de Chargebœuf, Dinah suivit le conseil du bon abbé Duret qui lui dit de convertir ses mauvaises pensées en poésie ; ce qui peut-être explique certains poètes.

— Il vous arrivera comme à ceux qui riment des épitaphes ou des élégies sur les êtres qu'ils ont perdus : la douleur se calme au cœur à mesure que les alexandrins bouillonnent dans la tête.

Ce poème étrange mit en révolution les départements de l'Allier, de la Nièvre et du Cher, heureux de posséder un poète capable de lutter avec les illustrations parisiennes. PAQUITA LA SÉVILLANE par JAN DIAZ fut publié dans l'Écho du Morvan, espèce de Revue qui lutta pendant dix-huit mois contre l'indifférence provinciale. Quelques gens d'esprits prétendirent à Nevers que Jan Diaz avait voulu se moquer de la jeune école qui produisait alors ces poésies excentriques, pleines de verve et d'images, où l'on obtint de grands effets en violant la muse sous prétexte de fantaisies allemandes, anglaises et romanes.

Le poème commençait par ce chant.
Si vous connaissiez l'Espagne,
Son odorante campagne,
Ses jours chauds aux soirs si frais ;
D'amour, de ciel, de patrie,
Tristes filles de Neustrie,
Vous ne parleriez jamais.
C'est que là sont d'autres hommes
Qu'au froid pays où nous sommes !
Ah ! là, du soir au matin,
On entend sur la pelouse
Danser la vive Andalouse
En pantoufles de satin

Vous rougiriez les premières
De vos danses si grossières,
De votre laid Carnaval
Dont le froid bleuit les joues,
Et qui saute dans les boues,

Chaussé de peau de cheval.
C'est dans un bouge obscur, c'est à de pâles filles
Que Paquita redit ces chants ;
Dans ce Rouen si noir, dont les frêles aiguilles
Mâchent l'orage avec leurs dents ;
Dans ce Rouen si laid, si bruyant, si colère...
. . . . . . . . . . . . . . . . . . . . . .

Une magnifique description de Rouen, où jamais Dinah
n'était allée, faite avec cette brutalité postiche qui dicta plus
tard tant de poésies juvénalesques, opposait la vie des cités
industrielles à la vie nonchalante de l'Espagne, l'amour du ciel
et des beautés humaines au culte des machines, enfin la poésie à
la spéculation. Et Jan Diaz expliquait l'horreur de Paquita pour
la Normandie en disant :

Paquita, voyez-vous, naquit dans la Séville
Au bleu ciel, aux soirs embaumés ;
Elle était, à treize ans, la reine de sa ville,
Et tous voulaient en être aimés.
Oui, trois toréadors se firent tuer pour elle ;
Car le prix du vainqueur était
Un seul baiser à prendre aux lèvres de la belle
Que tout Séville convoitait.
. . . . . . . . . . . . . . . . . . . . . .

Le ponsif du portrait de la jeune Espagnole a servi depuis à tant de courtisanes dans tant de prétendus poèmes qu'il
serait fastidieux de reproduire ici les cent vers dont il se com-
pose. Mais, pour juger des hardiesses auxquelles Dinah s'était
abandonnée, il suffit d'en donner la conclusion. Selon l'ardente
madame de La Baudraye, Paquita fut si bien créée pour l'amour
qu'elle pouvait difficilement rencontrer des cavaliers dignes
d'elle ; car,

. . . . . . . . . dans sa volupté vive,
On les eût vus tous succomber,
Quand au festin d'amour, dans son humeur lascive,
Elle n'eût fait que s'attabler.
. . . . . . . . . . . . . . . . . . . . . .

Elle a pourtant quitté Séville la joyeuse,
Ses bois et ses champs d'orangers,
Pour un soldat normand qui la fit amoureuse
Et l'entraîna dans ses foyers.
Elle ne pleurait rien de son Andalousie,
Ce soldat était son bonheur !
. . . . . . . . . . . . . . . . . . . . . . . . .
Mais il fallut un jour partir pour la Russie
Sur les pas du grand Empereur.

Rien de plus délicat que la peinture des adieux de l'Espagnole et du capitaine d'artillerie normand qui, dans le délire d'une passion rendue avec un sentiment digne de Byron, exigeait de Paquita une promesse de fidélité absolue, dans la cathédrale de Rouen, à l'autel de la Vierge, qui

Quoique vierge est femme, et jamais ne pardonne
Aux traîtres en serments d'amour.

Une grande portion du poème était consacrée à la peinture des souffrances de Paquita seule dans Rouen, attendant la fin de la campagne ; elle se tordait aux barreaux de ses fenêtres en voyant passer de joyeux couples, elle contenait l'amour dans son cœur avec une énergie qui la dévorait, elle vivait de narcotiques, elle se dépensait en rêves !

Elle faillit mourir, mais elle fut fidèle.
Quand son soldat fut de retour,
A la fin de l'année il retrouva la belle
Digne encor de tout son amour.
Mais lui, pâle et glacé par la froide Russie
Jusque dans la moelle des os,
Accueillit tristement sa languissante amie...
. . . . . . . . . . . . . . . . . . . . . . .
Le poème avait été conçu pour cette situation exploitée avec une verve, une audace qui donnait un peu trop raison à l'abbé Duret. Paquita, en reconnaissant les limites où finissait l'amour, ne se jetait pas, comme Héloïse et Julie, dans l'infini, dans l'idéal ; non, elle allait, ce qui peut-être est atrocement naturel, dans la voie du Vice, mais sans aucune grandeur, faute d'éléments, car il est difficile de trouver à Rouen des gens assez

passionnés pour mettre une Paquita dans son milieu de luxe et d'élégance. Cette affreuse réalité, relevée par une sombre poésie, avait dicté quelques-unes de ces pages dont abuse la Poésie moderne, et un peu trop semblables à ce que les peintres appellent des *écorchés*. Par un retour empreint de philosophie, le poète, après avoir dépeint l'infâme maison où l'Andalouse achevait ses jours, revenait au chant du début :

Paquita maintenant est vieille et ridée,
Et c'était elle qui chantait :
Si vous connaissiez l'Espagne,
Son odorante, etc...

La sombre énergie empreinte en ce poème d'environ six cents vers, et qui, s'il est permis d'emprunter ce mot à la peinture, faisait un vigoureux repoussoir à deux séguidilles, semblables à celle qui commence et termine l'œuvre, cette mâle expression d'une douleur indicible épouvanta la femme que trois départements admiraient sous le frac noir de l'anonyme. Tout en savourant les enivrantes délices du succès, Dinah craignit les méchancetés de la province où plus d'une femme, en cas d'indiscrétion, voudrait voir des rapports entre l'auteur et Paquita. Puis la réflexion vint : Dinah frémit de honte à l'idée d'avoir exploité quelques-unes de ses douleurs.

— Ne faites plus rien, lui dit l'abbé Duret, vous ne seriez plus une femme, vous seriez un poète.

On chercha Jan Diaz à Moulins, à Nevers, à Bourges ; mais Dinah fut impénétrable. Pour ne pas laisser d'elle une mauvaise idée, dans le cas où quelque hasard fatal révèlerait son nom, elle fit un charmant poème en deux chants sur le *Chêne de la Messe*, une tradition du Nivernais que voici.

Un jour les gens de Nevers et ceux de Saint-Saulge, en guerre les uns contre les autres, vinrent à l'aurore pour se livrer une bataille mortelle aux uns ou aux autres, et se rencontrèrent dans la forêt de Faye. Entre les deux partis se dressa de dessous un chêne un prêtre dont l'attitude, au soleil levant, eut quelque chose de si frappant que les deux partis, écoutant ses ordres, entendirent la messe, qui fut dite sous un chêne, et à la voix de l'Évangile ils se réconcilièrent. On montre encore un chêne quelconque dans le bois de Faye.

Ce poème, infiniment supérieur à *Paquita la Sévillane*, eut beaucoup moins de succès. Depuis ce double essai, madame de La Baudraye, en se sachant poète, eut des éclairs soudains sur le front, dans les yeux qui la rendirent plus belle qu'autrefois. Elle jetait les yeux sur Paris, elle aspirait à la gloire et retombait dans son trou de La Baudraye, dans ses chicanes journalières avec son mari, dans son cercle où les caractères, les intentions, le discours étaient trop connus pour ne pas être devenus à la longue ennuyeux. Si elle trouva dans ses travaux littéraires une distraction à ses malheurs ; si, dans le vide de sa vie, la poésie eut de grands retentissements, si elle occupa ses forces, la littérature lui fit prendre en haine la grise et lourde atmosphère de province.

Quand, après la révolution de 1830, la gloire de Georges Sand rayonna sur le Berry, beaucoup de villes envièrent à La Châtre le privilège d'avoir vu naître une rivale à madame de Staël, à Camille Maupin, et furent assez disposées à honorer les moindres talents féminins. Aussi vit-on alors beaucoup de Dixièmes Muses en France, jeunes filles ou jeunes femmes détournées d'une vie paisible par un semblant de gloire ! D'étranges doctrines se publiaient alors sur le rôle que les femmes devaient jouer dans la Société. Sans que le bon sens qui fait le fond de l'esprit en France en fût perverti, l'on passait aux femmes d'exprimer des idées, de professer des sentiments qu'elles n'eussent pas avoués quelques années auparavant. Monsieur de Clagny profita de cet instant de licence pour réunir, en un petit volume in-18 qui fut imprimé par Desroziers, à Moulins, les œuvres de Jan Diaz. Il composa sur ce jeune écrivain, ravi si prématurément aux Lettres, une notice spirituelle pour ceux qui savaient le mot de l'énigme ; mais qui n'avait pas alors en littérature le mérite de la nouveauté. Ces plaisanteries, excellentes quand l'incognito se garde, deviennent un peu froides quand, plus tard, l'auteur se montre. Mais sous ce rapport, la notice sur Jan Diaz, fils d'un prisonnier espagnol et né vers 1807, à Bourges, a des chances pour tromper un jour les fai-

seurs de *Biographies Universelles*. Rien n'y manque, ni les noms
des professeurs du collége de Bourges, ni ceux des condisciples
du poète mort, tels que Lousteau, Bianchon, et autres célèbres
berruyers qui sont censés l'avoir connu rêveur, mélancolique,
annonçant de précoces dispositions pour la poésie. Une élégie
intitulée : *Tristesse* faite au collège, les deux poèmes de *Paquita
la Sévillane* et du *Chêne de la messe*, trois sonnets, une description de la cathédrale de Bourges et de l'hôtel de Jacques-Cœur,
enfin une nouvelle intitulée *Carola*, donnée comme l'œuvre
pendant laquelle il avait été surpris par la mort, formaient le
bagage littéraire du défunt dont les derniers instants, pleins de
misère et de désespoir, devaient serrer le cœur des êtres sensibles
de la Nièvre, du Bourbonnais, du Cher et du Morvan où il
avait expiré, près de Château-Chinon, inconnu de tous, même
de celle qu'il aimait !...

Ce petit volume jaune fut tiré à deux cents exemplaires,
dont cent cinquante se vendirent, environ cinquante par département. Cette moyenne des âmes sensibles et poétiques dans
trois départements de la France, est de nature à rafraîchir l'en-
thousiasme des auteurs sur la *furia francese* qui, de nos jours, se
porte beaucoup plus sur les intérêts que sur les livres. Les libé-
ralités de monsieur de Clagny faites, car il avait signé la notice,
Dinah garda sept ou huit exemplaires enveloppés dans les journaux forains qui rendirent compte de cette publication. Vingt
exemplaires envoyés aux journaux de Paris se perdirent dans le
gouffre des bureaux de rédaction. Nathan, pris pour dupe, ainsi
que plusieurs Berrichons, fit sur le grand homme un article où
il lui trouva toutes les qualités qu'on accorde aux gens enterrés.
Lousteau, rendu prudent par ses camarades de collége qui ne se
rappelaient point Jan Diaz, attendit des nouvelles de Sancerre,
et apprit que Jan Diaz était le pseudonyme d'une femme. On se
passionna, dans l'arrondissement de Sancerre, pour madame de
La Baudraye, en qui l'on voulut voir la future rivale de George
Sand. Depuis Sancerre jusqu'à Bourges, on exaltait, on vantait
le poème qui, dans un autre temps, eût été bien certainement

honni. Le public de province, comme tous les publics français peut-être, adopte peu la passion du roi des Français, le juste-milieu : il vous met aux nues ou vous plonge dans la fange.

A cette époque, le bon vieil abbé Duret, le conseil de madame de La Baudraye, était mort ; autrement il l'eut empêchée de se livrer à la publicité. Mais trois ans de travail et d'incognito pesaient au cœur de Dinah, qui substitua le tapage de la gloire à toutes ses ambitions trompées. La poésie et les rêves de la célébrité, qui depuis son entrevue avec Anna Grossetête avaient endormi ses douleurs, ne suffisaient plus, après 1830, à l'activité de ce cœur malade. L'abbé Duret, qui parlait du monde quand la voix de la religion était impuissante, l'abbé Duret qui comprenait Dinah, qui lui peignait un bel avenir en lui disant que Dieu récompensait toutes les souffrances noblement supportées, cet aimable vieillard ne pouvait plus s'interposer entre une faute à commettre et sa belle pénitente qu'il nommait sa fille. Ce vieux et savant prêtre avait plus d'une fois tenté d'éclairer Dinah sur le caractère de monsieur de La Baudraye, en lui disant que cet homme savait haïr ; mais les femmes ne sont pas disposées à reconnaître une force à des êtres faibles, et la haine est une trop constante action pour ne pas être une force vive. En trouvant son mari profondément indifférent en amour, Dinah lui refusait la faculté de haïr.

— Ne confondez pas la haine et la vengeance, lui disait l'abbé, c'est deux sentiments bien différents, l'un est celui des petits esprits, l'autre est l'effet d'une loi à laquelle obéissent les grandes âmes. Dieu se venge et ne hait pas. La haine est le vice des âmes étroites, elles l'alimentent de toutes leurs petitesses, elles en font le prétexte de leurs basses tyrannies. Aussi gardez-vous de blesser monsieur de La Baudraye ; il vous pardonnerait une faute, car il y trouverait un profit, mais il serait doucement implacable si vous le touchiez à l'endroit où l'a si cruellement atteint monsieur Milaud de Nevers, et la vie ne serait plus possible pour vous.

Or, au moment où le Nivernais, le Sancerrois, le Morvan, le Berry s'enorgueillissaient de madame de La Baudraye et la célébraient sous le nom de Jan Diaz, le petit La Baudraye recevait un coup mortel de cette gloire. Lui seul savait les secrets du poème de *Paquita la Sévillane*. Quand on parlait de cette œuvre terrible, tout le monde disait de Dinah : — Pauvre femme ! pauvre femme ! Les femmes étaient heureuses de pouvoir plaindre celle qui les avait tant opprimées, et jamais Dinah ne parut plus grande qu'alors aux yeux du pays. Le petit vieillard, devenu plus jaune, plus ridé, plus débile que jamais, ne témoigna rien ; mais Dinah surprit parfois, de lui sur elle, des regards d'une froideur venimeuse qui démentaient ses redoublements de politesse et de douceur avec elle. Elle finit par deviner ce qu'elle crut être une simple brouille de ménage ; mais en s'expliquant avec son insecte, comme le nommait monsieur Gravier, elle sentit le froid, la dureté, l'impassibilité de l'acier : elle s'emporta, elle lui reprocha sa vie depuis onze ans ; elle fit, avec intention de la faire, ce que les femmes appellent une scène ; mais le petit La Baudraye se tint sur un fauteuil les yeux fermés, en écoutant sans perdre son calme. Et le nain eut, comme toujours, raison de sa femme. Dinah comprit qu'elle avait eu tort d'écrire : elle se promit de ne jamais faire un vers, et se tint parole. Aussi fût-ce une désolation dans tout le Sancerrois.

— Pourquoi madame de la Baudraye ne compose-t-elle plus de vers *(verse)* ? fut le mot de tout le monde.

A cette époque, madame de La Baudraye n'avait plus d'ennemies, on affluait chez elle, il ne se passait pas de semaine qu'il n'y eût [eut] de nouvelles présentations. La femme du Président du Tribunal, une auguste bourgeoise née Popinot-Chandier, avait dit à son fils, jeune homme de vingt-deux ans, d'aller à La Baudraye y faire sa cour, et se flattait de voir son Gatien dans les bonnes grâces de cette femme supérieure. Le mot *femme supérieure* avait remplacé le grotesque surnom de Sapho de Saint-Satur. La Présidente, qui pendant neuf ans avait dirigé l'opposition contre Dinah, fut si heureuse d'avoir vu son fils agréé, qu'elle dit un bien infini de la Muse de Sancerre.

— Après tout, s'écria-t-elle en répondant à une tirade de madame de Clagny qui haïssait à la mort la prétendue maîtresse de son mari, c'est la plus belle femme et la plus spirituelle de tout le Berry !

Après avoir roulé dans tant de halliers, s'être élancée en mille voies diverses, avoir rêvé l'amour dans sa splendeur, avoir aspiré les souffrances des drames les plus noirs en en trouvant les sombres plaisirs achetés à bon marché, tant la monotonie de sa vie était fatigante, un jour Dinah tomba dans la fosse qu'elle avait juré d'éviter. En voyant monsieur de Clagny se sacrifiant toujours et qui refusa d'être Avocat-Général à Paris où l'appelait sa famille, elle se dit : — Il m'aime ! Elle vainquit sa répugnance et parut vouloir couronner tant de constance. Ce fut à ce mouvement de générosité chez elle que Sancerre dut la coalition qui se fit aux élections en faveur de monsieur de Clagny. Madame de La Baudraye avait rêvé de suivre à Paris le député de Sancerre. Mais, malgré de solennelles promesses, les cent cinquante voix données à l'adorateur de la belle Dinah, qui voulait faire revêtir la simarre du Garde des Sceaux à ce défenseur de la veuve et de l'orphelin, se changèrent en une *imposante minorité* de cinquante voix. La jalousie du Président Boirouge, la haine de monsieur Gravier, qui crut à la prépondérance du candidat dans le cœur de Dinah, furent exploitées par un jeune Sous-Préfet que, pour ce fait, les Doctrinaires firent nommer Préfet.

— Je ne me consolerai jamais, dit-il à un de ses amis en quittant Sancerre, de ne pas avoir su plaire à madame de La Baudraye, mon triomphe eût été complet...

Cette vie intérieurement si tourmentée offrait un ménage calme, deux êtres mal assortis mais résignés, je ne sais quoi de rangé, de décent, ce mensonge que veut la Société, mais qui faisait à Dinah comme un harnais insupportable. Pourquoi voulait-elle quitter son masque après l'avoir porté pendant douze ans ? D'où venait cette lassitude quand, chaque jour augmentait son espoir d'être veuve ? Si l'on a suivi toutes les phases de cette existence, on comprendra très-bien les différentes déceptions auxquelles Dinah, comme beaucoup de femmes, d'ailleurs, s'était laissé prendre. Du désir de dominer monsieur de La Baudraye, elle était passée à l'espoir d'être mère. Entre les discussions de ménage et la triste connaissance de son sort, il s'était écoulé toute une période. Puis, quand elle avait voulu se consoler, le consolateur, monsieur de Chargebœuf, était parti.

L'entraînement qui cause les fautes de la plupart des femmes
lui avait donc jusqu'alors manqué. S'il est enfin des femmes qui
vont droit à une faute, n'en est-il pas beaucoup qui s'accrochent
à bien des espérances et qui n'y arrivent qu'après avoir erré dans
un dédale de malheurs secrets ! Telle fut Dinah. Elle était si peu
disposée à manquer à ses devoirs, qu'elle n'aima pas assez monsieur de Clagny pour lui pardonner son insuccès. Son installation dans le château d'Anzy, l'arrangement de ses collections,
de ses curiosités qui reçurent une valeur nouvelle du cadre
magnifique et grandiose que Philibert de Lorme semblait avoir
bâti pour ce musée, l'occupèrent pendant quelques mois et lui
permirent de méditer une de ces résolutions qui surprennent le
public à qui les motifs sont cachés, mais qui souvent les trouve
à force de causeries et de suppositions.

La réputation de Lousteau, qui passait pour un homme
à bonnes fortunes à cause de ses liaisons avec des actrices, frappa madame de La Baudraye ; elle voulut le connaître, elle lut
ses ouvrages et se passionna pour lui, moins peut-être à cause
de son talent qu'à cause de ses succès auprès des femmes ; elle
inventa, pour l'amener dans le pays, l'obligation pour Sancerre
d'élire aux prochaines Élections une des deux célébrités du
pays. Elle fit écrire à l'illustre médecin par Gatien Boirouge, qui
se disait cousin de Bianchon par les Popinot ; puis elle obtint
d'un vieil ami de feu madame Lousteau de réveiller l'ambition
du feuilletoniste en lui faisant part des intentions où quelques
personnes de Sancerre se trouvaient de choisir leur député
parmi les gens célèbres de Paris. Fatiguée de son médiocre entourage, madame de La Baudraye allait enfin voir des hommes
vraiment supérieurs, elle pourrait ennoblir sa faute de tout
l'éclat de la gloire. Ni Lousteau ni Bianchon ne répondirent ;
peut-être attendaient-ils les vacances. Bianchon, qui, l'année
précédente, avait obtenu sa chaire après un brillant concours,
ne pouvait quitter son enseignement.

Au mois de septembre, en pleines vendanges, les deux Parisiens arrivèrent dans leur pays natal, et le trouvèrent plongé dans les tyranniques occupations de la récolte de 1836 ; il n'y eut donc aucune manifestation de l'opinion publique en leur faveur.

— *Nous faisons four*, dit Lousteau en parlant à son compatriote la langue des coulisses.

En 1836, Lousteau, fatigué par seize années de luttes à Paris, usé tout autant par le plaisir que par la misère, par les travaux et les mécomptes, paraissait avoir quarante-huit ans, quoiqu'il n'en eût que trente-sept. Déjà chauve, il avait pris un air byronien en harmonie avec ses ruines anticipées, avec les ravins tracés sur sa figure par l'abus du vin de Champagne. Il mettait les stigmates de la débauche sur le compte de la vie littéraire en accusant la Presse d'être meurtrière, il faisait entendre qu'elle dévorait de grands talents afin de donner du prix à sa lassitude. Il crut nécessaire d'outrer dans sa patrie et son faux dédain de la vie et sa misanthropie postiche. Néanmoins, parfois ses yeux jetaient encore des flammes comme ces volcans qu'on croit éteints ; et il essaya de remplacer par l'élégance de la mise tout ce qui pouvait lui manquer de jeunesse aux yeux d'une femme.

Horace Bianchon, décoré de la Légion-d'Honneur, gros et gras comme un médecin en faveur, avait un air patriarcal, de grands cheveux longs, un front bombé, la carrure du travailleur, et le calme du penseur. Cette physionomie assez peu poétique faisait ressortir admirablement son léger compatriote.

Ces deux illustrations restèrent inconnues pendant toute une matinée à l'auberge où elles étaient descendues, et monsieur de Clagny n'apprit leur arrivée que par hasard. Madame de La Baudraye, au désespoir, envoya Gatien Boirouge, qui n'avait point de vignes, inviter les deux Parisiens à venir pour quelques jours au château d'Anzy. Depuis un an, Dinah faisait la châtelaine, et ne passait plus que les hivers à La Baudraye. Monsieur Gravier, le Procureur du Roi, le Président et Gatien Boirouge offrirent aux deux hommes célèbres un banquet auquel assistèrent les personnes les plus littéraires de la ville. En apprenant que la belle madame de La Baudraye était Jan Diaz, les deux Parisiens se laissèrent conduire pour trois jours au château d'Anzy dans un char-à-bancs que Gatien mena lui-même. Ce jeune homme, plein d'illusions, donna madame de La Baudraye aux deux Parisiens non seulement comme la plus belle femme du Sancerrois, comme une femme supérieure et capable d'inspirer de l'inquiétude à George Sand, mais encore comme une femme qui produirait à Paris la plus profonde sensation. Aussi l'étonnement du docteur Bianchon et du goguenard feuilletoniste fut-il étrange, quoique réprimé, quand ils aperçurent au perron d'Anzy la châtelaine vêtue d'une robe en léger casimir noir, à guimpe, semblable à une amazone sans queue ; car ils reconnurent des prétentions énormes dans cette excessive simplicité. Dinah portait un béret de velours noir à la Raphaël d'où ses cheveux s'échappaient en grosses boucles. Ce vêtement mettait en relief une assez jolie taille, de beaux yeux, de belles paupières presque flétries par les ennuis de la vie qui vient d'être esquissée. Dans le Berry, l'étrangeté de cette mise *artiste* déguisait les romanesques affectations de la femme supérieure. En voyant les minauderies de leur trop aimable hôtesse, qui étaient en quelque sorte des minauderies d'âme et de pensée, les deux amis échangèrent un regard, et prirent une attitude profondément sérieuse pour écouter madame de La Baudraye qui leur fit une allocution étudiée en les remerciant d'être venus rompre la monotonie de sa vie. Dinah promena ses hôtes autour du boulingrin orné de corbeilles de fleurs qui s'étalait devant la façade d'Anzy.

— Comment, demanda Lousteau le mystificateur, une femme aussi belle que vous l'êtes et qui paraît si supérieure, a-t-elle pu rester en province ? Comment faites-vous pour résister à cette vie ?

— Ah ! voilà, dit la châtelaine on n'y résiste pas. Un profond désespoir ou une stupide résignation, ou l'un ou l'autre, il n'y a pas de choix, tel est le tuf sur lequel repose notre existence et où s'arrêtent mille pensées stagnantes qui, sans féconder le terrain, y nourrissent les fleurs étiolées de nos âmes désertes. Ne croyez pas à l'insouciance ! L'insouciance tient au désespoir ou à la résignation, chaque femme s'adonne alors à ce qui, selon son caractère, lui paraît un plaisir. Quelques-unes se jettent dans les confitures et dans les lessives, dans l'économie domestique, dans les plaisirs ruraux de la vendange ou de la moisson, dans la conservation des fruits, dans la broderie des fichus, dans les soins de la maternité, dans les intrigues de petite ville. D'autres tracassent un piano inamovible qui sonne comme un chaudron au bout de la septième année, et qui finit ses jours, asthmatique, au château d'Anzy. Quelques dévotes s'entretiennent des différents crus de la parole de Dieu : l'on compare l'abbé Fritaud à l'abbé Guinard. On joue aux cartes le soir, on danse pendant douze années avec les mêmes personnes, dans les mêmes salons, aux mêmes époques. Cette belle vie est entremêlée de promenades solennelles sur le Mail, de visites d'étiquette entre femmes qui vous demandent où vous achetez vos étoffes. La conversation est bornée au sud de l'intelligence par les observations sur les intrigues cachées au fond de l'eau dormante de la vie de province, au nord par les mariages sur le tapis, à l'ouest par les jalousies, à l'est par les petits mots piquants. Aussi le voyez-vous ? dit-elle en se posant, une femme a des rides à vingt-neuf ans, dix ans avant le temps fixé par les ordonnances du docteur Bianchon, elle se couperose aussi très-promptement, et jaunit comme un coing quand elle doit jaunir, nous en connaissons qui verdissent. Quand nous en arrivons là, nous voulons justifier notre état normal. Nous attaquons alors de nos dents acérées comme des dents de mulot, les terribles passions de Paris. Nous avons ici des puritaines à contre-cœur qui déchirent les dentelles de la coquetterie et rongent la poésie de vos beautés parisiennes, qui entament le bonheur d'autrui en vantant leurs noix et leur lard rances, en exaltant leur trou de souris économe, les couleurs grises et les parfums monastiques de notre belle vie sancerroise.

— J'aime ce courage, madame, dit Bianchon. Quand on éprouve de tels malheurs, il faut avoir l'esprit d'en faire des vertus.

Stupéfait de la brillante manœuvre par laquelle Dinah livrait la province à ses hôtes dont les sarcasmes étaient ainsi prévenus, Gatien Boirouge poussa le coude à Lousteau en lui lançant un regard et un sourire qui disaient : Hein ? vous ai-je trompés ?

— Mais, madame, dit Lousteau, vous nous prouvez que nous sommes encore à Paris, je vous volerai cette tartine, elle me vaudra dix francs dans mon feuilleton...

— Oh ! monsieur, répliqua-t-elle, défiez-vous des femmes de province.

— Et pourquoi ? dit Lousteau.

Madame de La Baudraye eut la rouerie, assez innocente d'ailleurs, de signaler à ces deux Parisiens entre lesquels elle voulait choisir un vainqueur, le piége où il se prendrait, en pensant qu'au moment où il ne le verrait plus, elle serait la plus forte.

— On se moque d'elles en arrivant, puis quand on a perdu le souvenir de l'éclat parisien, en voyant la femme de province dans sa sphère, on lui fait la cour, ne fût-ce que par passe-temps. Vous que vos passions ont rendu célèbre, vous serez l'objet d'une attention qui vous flattera... Prenez garde ! s'écria Dinah en faisant un geste coquet et s'élevant par ces réflexions sarcastiques au-dessus des ridicules de la province et de Lousteau. Quand une pauvre petite provinciale conçoit une passion excentrique pour une supériorité, pour un Parisien égaré en province, elle en fait quelque chose de plus qu'un sentiment, elle y trouve une occupation et l'étend sur toute sa vie. Il n'y a rien de plus dangereux que l'attachement d'une femme de province : elle compare, elle étudie, elle réfléchit, elle rêve, elle n'abandonne point son rêve, elle pense à celui qu'elle aime quand celui qu'elle aime ne pense plus à elle. Or une des fatalités qui pèsent sur la femme de province est ce dénoûment brusque de ses passions, qui se remarque souvent en Angleterre. En province, la vie à l'état d'observation indienne force une femme à marcher droit dans son rail ou à en sortir vivement comme une machine à vapeur qui rencontre un obstacle. Les combats stratégiques de la passion, les coquetteries, qui sont la moitié de la Parisienne, rien de tout cela n'existe ici.

— C'est vrai, dit Lousteau. Il y a dans le cœur d'une femme de province des *surprises* comme dans certains joujoux.

— Oh ! mon Dieu, reprit Dinah, une femme vous a parlé trois fois pendant un hiver, elle vous a serré dans son cœur à son insu ; vient une partie de campagne, une promenade, tout est dit, ou, si vous voulez, tout est fait. Cette conduite, bizarre pour ceux qui n'observent pas, a quelque chose de très-naturel. Au lieu de calomnier la femme de province en la croyant dépravée, un poète, comme vous, ou un philosophe, un observateur comme le docteur Bianchon sauraient deviner les merveilleuses poésies inédites, enfin toutes les pages de ce beau roman dont le dénoûment profite à quelque heureux sous-lieutenant, à quelque grand homme de province.

— Les femmes de province que j'ai vues à Paris, dit Lousteau, étaient en effet assez enleveuses...

— Dam ! elles sont curieuses, fit la châtelaine en commentant son mot par un petit geste d'épaules.

— Elles ressemblent à ces amateurs qui vont aux secondes représentations, sûrs que la pièce ne tombera pas, répliqua le journaliste.

— Quelle est donc la cause de vos maux ? demanda Bianchon.

— Paris est le monstre qui fait nos chagrins, répondit la femme supérieure. Le mal a sept lieues de tour et afflige le pays tout entier. La province n'existe pas par elle-même. Là seulement où la nation est divisée en cinquante petits États, là chacun peut avoir une physionomie, et une femme reflète alors l'éclat de la sphère où elle règne. Ce phénomène social se voit encore, m'a-t-on dit, en Italie, en Suisse et en Allemagne ; mais en France, comme dans tous les pays à capitale unique, l'aplatissement des mœurs sera la conséquence forcée de la centralisation.

— Les mœurs, selon vous, ne prendraient alors du ressort et de l'originalité que par une fédération d'États français formant un même empire, dit Lousteau.

— Ce n'est peut-être pas à désirer, car la France aurait encore à conquérir trop de pays, dit Bianchon.

— L'Angleterre ne connaît pas ce malheur, s'écria Dinah. Londres n'y exerce pas la tyrannie que Paris fait peser sur la France, et à laquelle le génie français finira par remédier ; mais elle a quelque chose de plus horrible dans son atroce hypocrisie, qui est un bien autre mal !

— L'aristocratie anglaise, reprit le journaliste qui prévit une tartine byronienne et qui se hâta de prendre la parole, a sur la nôtre l'avantage de s'assimiler toutes les supériorités, elle vit dans ses magnifiques parcs, elle ne vient à Londres *que pendant deux mois*, ni plus ni moins ; elle vit en province, elle y fleurit et la fleurit.

— Oui, dit madame de La Baudraye, Londres est la capitale des boutiques et des spéculations, on y fait le gouvernement. L'aristocratie s'y recorde seulement pendant soixante jours, elle y prend ses mots d'ordre, elle donne son coup d'œil à sa cuisine gouvernementale, elle passe la revue de ses filles à marier et des équipages à vendre, elle se dit bonjour, et s'en va promptement : elle est si peu amusante qu'elle ne se supporte pas elle-même plus que les quelques jours nommés *la saison*.

— Aussi, dans la perfide Albion du *Constitutionnel*, s'écria Lousteau pour réprimer par une épigramme cette prestesse de langue, y a-t-il chance de rencontrer de charmantes femmes sur tous les points du royaume.

— Mais de charmantes femmes anglaises ! répliqua madame de La Baudraye en souriant. Voici, ma mère, à laquelle je vais vous présenter, dit-elle en voyant venir madame Piédefer.

Une fois la présentation des deux lions faite à ce squelette ambitieux du nom de femme qui s'appelait madame Piédefer, grand corps sec, à visage couperosé, à dents suspectes, aux cheveux teints, Dinah laissa les Parisiens libres pendant quelques instants.

— Eh ! bien, dit Gatien à Lousteau, qu'en pensez-vous ?

— Je pense que la femme la plus spirituelle de Sancerre en est tout bonnement la plus bavarde, répliqua le feuilletoniste.

— Une femme qui veut vous faire nommer député !... s'écria Gatien, un ange !

— Pardon, j'oubliais que vous l'aimez, reprit Lousteau. Vous excuserez le cynisme d'un vieux drôle comme moi. Demandez à Bianchon, je n'ai plus d'illusions, je dis les choses comme elles sont. Cette femme a bien certainement fait sécher sa mère comme une perdrix exposée à un trop grand feu...

Gatien Boirouge trouva moyen de dire à madame de La Baudraye le mot du feuilletoniste, pendant le dîner qui fut plantureux, sinon splendide, et pendant lequel la châtelaine eut soin de peu parler. Cette langueur dans la conversation révéla l'indiscrétion de Gatien. Étienne essaya de rentrer en grâce, mais toutes les prévenances de Dinah furent pour Bianchon. Néanmoins, au milieu de la soirée, la baronne redevint gracieuse pour Lousteau. N'avez-vous pas remarqué combien de grandes lâchetés sont commises pour de petites choses ? Ainsi cette noble Dinah, qui ne voulait pas se donner à des sots, qui menait au fond de sa province une épouvantable vie de luttes, de révoltes réprimées, de poésies inédites, et qui venait de gravir, pour s'éloigner de Lousteau, la roche la plus haute et la plus escarpée de ses dédains, qui n'en serait pas descendue en voyant ce faux Byron à ses pieds lui demandant merci, dégringola soudain de cette hauteur en pensant à son album. Madame de La Baudraye avait donné dans la manie des autographes : elle possédait un volume oblong qui méritait d'autant mieux son nom, que les deux tiers des feuillets étaient blancs. La baronne de Fontaine, à qui elle l'avait envoyé pendant trois mois, obtint avec beaucoup de peine une ligne de Rossini, six mesures de Meyerbeer, les quatre vers que Victor Hugo met sur tous les albums, une strophe de Lamartine, un mot de Béranger, *Calypso ne pouvait se consoler du départ d'Ulysse* écrit par George Sand, les fameux vers sur le parapluie par Scribe, une phrase de Charles Nodier, une ligne d'horizon de Jules Dupré, la signature de David d'Angers, trois notes d'Hector Berlioz. Monsieur de Clagny récolta, pendant un séjour à Paris, une chanson de Lacenaire, autographe

très recherché, deux lignes de Fieschi, et une lettre excessivement courte de Napoléon, qui toutes trois étaient collées sur le
vélin de l'album. Monsieur Gravier, pendant un voyage, avait
fait écrire sur cet album mesdemoiselles Mars, Georges, Taglio-
ni et Grisi, les premiers artistes, comme Frédérick-Lemaître,
Monrose, Bouffé, Rubini, Lablache, Nourrit et Arnal ; car il
connaissait une société de vieux garçons *nourris*, selon leur expression, *dans le Sérail*, qui lui procurèrent ces faveurs. Ce commencement de collection fut d'autant plus précieux à Dinah
qu'elle était seule à dix lieues à la ronde à posséder un album.

Depuis deux ans, beaucoup de jeunes personnes avaient
des albums sur lesquels elles faisaient écrire des phrases plus ou
moins grotesques par leurs amis et connaissances.

O vous qui passez votre vie à recueillir des autographes,
gens heureux et primitifs, hollandais à tulipes, vous excuserez
alors Dinah, quand, craignant de ne pas garder ses hôtes plus
de deux jours, elle pria Bianchon d'enrichir son trésor par
quelques lignes en le lui présentant.

Le médecin fit sourire Lousteau en lui montrant cette
pensée sur la première page :

« Ce qui rend le peuple si dangereux, c'est qu'il a pour
tous ses crimes une absolution dans ses poches.

» J.-B. DE CLAGNY. »

— Appuyons cet homme assez courageux pour plaider la
cause de la monarchie, dit à l'oreille de Lousteau le savant élève
de Desplein. Et Bianchon écrivit au-dessous :

« Ce qui distingue Napoléon d'un porteur d'eau n'est
sensible que pour la Société, cela ne fait rien à la Nature. Aussi la démocratie, qui se refuse à l'inégalité des conditions, en
appelle-t-elle sans cesse à la Nature.

» H. BIANCHON. »

— Voilà les riches, s'écria Dinah stupéfaite, ils tirent
de leur bourse une pièce d'or comme les pauvres en tirent un
liard... Je ne sais, dit-elle en se tournant vers Lousteau, si ce ne
sera pas abuser de l'hospitalité que de vous demander quelques
stances...

— Ah ! madame, vous me flattez, Bianchon est un grand homme ; mais moi, je suis trop obscur !... Dans vingt ans d'ici, mon nom serait plus difficile à expliquer que celui de monsieur le Procureur du Roi dont la pensée inscrite sur votre album indiquera certainement un Montesquieu méconnu. D'ailleurs il me faudrait au moins vingt-quatre heures pour improviser quelque méditation bien amère ; car, je ne sais peindre que ce que je ressens...

— Je voudrais vous voir me demander quinze jours, dit gracieusement madame de La Baudraye en tendant son album, je vous garderais plus long-temps.

Le lendemain, à cinq heures du matin, les hôtes du château d'Anzy furent sur pied. Le petit La Baudraye avait organisé pour les Parisiens une chasse ; moins pour leur plaisir que par vanité de propriétaire, il était bien aise de leur faire arpenter ses bois et de leur faire traverser les douze cent hectares de landes qu'il rêvait de mettre en culture : entreprise qui voulait quelque cent mille francs, mais qui pouvait porter de trente à soixante mille francs les revenus de la terre d'Anzy.

— Savez-vous pourquoi le Procureur du Roi n'a pas voulu venir chasser avec nous ? dit Gatien Boirouge à monsieur Gravier.

— Mais il nous l'a dit, il doit tenir l'audience aujourd'hui, car le Tribunal juge correctionnellement, répondit le Receveur des Contributions.

— Et vous croyez cela ? s'écria Gatien. Eh ! bien, mon papa m'a dit : — Vous n'aurez pas monsieur Lebas de bonne heure, car monsieur de Clagny a prié son substitut de tenir l'audience.

— Ah ! ah ! fit Gravier, dont la physionomie changea, et monsieur de La Baudraye qui part pour la Charité !

— Mais pourquoi vous mêlez-vous de ces affaires ? dit Horace Bianchon à Gatien.

— Horace a raison, dit Lousteau. Je ne comprends pas comment vous vous occupez autant les uns des autres, vous perdez votre temps à des riens.

Horace Bianchon regarda Étienne Lousteau comme pour lui dire que les malices de feuilleton, les bons mots de petit journal étaient incompris à Sancerre. En atteignant un fourré, monsieur Gravier laissa les deux hommes célèbres et Gatien s'y engager, sous la conduite du garde, dans un pli de terrain.

— Eh ! bien, attendons le financier, dit Bianchon quand les chasseurs arrivèrent à une clairière.

— Ah ! bien, si vous êtes un grand homme en Médecine, répliqua Gatien, vous êtes un ignorant en fait de vie de province. Vous attendez monsieur Gravier ?... mais il court comme un lièvre, malgré son petit ventre rondelet ; il est maintenant à vingt minutes d'Anzy... (Gatien tira sa montre) Bien ! il arrivera juste à temps.

— Où ?...

— Au château, pour le déjeuner, répondit Gatien. Croyez-vous que je serais à mon aise si madame de La Baudraye restait seule avec monsieur de Clagny ? Les voilà deux, ils se surveilleront, Dinah sera bien gardée.

— Ah ! ça, madame de La Baudraye en est donc encore à faire un choix ? dit Lousteau.

— Maman le croit, mais, moi, j'ai peur que monsieur de Clagny n'ait fini par fasciner madame de La Baudraye : s'il a pu lui montrer dans la députation quelques chances de revêtir la simarre des Sceaux, il a bien pu changer en agréments d'Adonis sa peau de taupe, ses yeux terribles, sa crinière ébouriffée, sa voix d'huissier enroué, sa maigreur de poète crotté. Si Dinah voit monsieur de Clagny procureur-Général, elle peut le voir joli garçon. L'éloquence a de grands priviléges. D'ailleurs madame de La Baudraye est pleine d'ambition, Sancerre lui déplaît, elle rêve des grandeurs parisiennes.

— Mais quel intérêt avez-vous à cela, dit Lousteau, car si elle aime le Procureur du Roi... Ah ! vous croyez qu'elle ne l'aimera pas long-temps, et vous espérez lui succéder.

— Vous autres, dit Gatien, vous rencontrez à Paris autant de femmes différentes qu'il y a de jours dans l'année. Mais à Sancerre où il ne s'en trouve pas six, et où, de ces six femmes, cinq ont des prétentions désordonnées à la vertu ; quand la plus belle vous tient à une distance énorme par des regards dédaigneux comme si elle était princesse de sang royal, il est bien permis à un jeune homme de vingt-deux ans de chercher à deviner les secrets de cette femme : car alors elle sera forcée d'avoir des égards pour lui.

— Cela s'appelle ici des égards, dit le journaliste en souriant.

— J'accorde à madame de La Baudraye trop de bon goût pour croire qu'elle s'occupe de ce vilain singe, dit Horace Bianchon.

— Horace, dit le journaliste, voyons, savant interprète de la nature humaine, tendons un piége à loup au Procureur du Roi, nous rendrons service à notre ami Gatien, et nous rirons. Je n'aime pas les Procureurs du Roi.

— Tu as un juste pressentiment de ta destinée, dit Horace. Mais que faire ?

— Eh ! bien, racontons, après le dîner, quelques histoires de femmes surprises par leurs maris, et qui soient tuées, assassinées avec des circonstances terrifiantes. Nous verrons la mine que feront madame de La Baudraye et monsieur de Clagny.

— Pas mal, dit Bianchon, il est difficile que l'un ou l'autre ne se trahisse [trahissent] pas par un geste ou par une réflexion.

— Je connais, reprit le journaliste en s'adressant à Gatien, un directeur de journal qui, dans le but d'éviter une triste destinée, n'admet que des histoires où les amants sont brûlés, hachés, pilés, disséqués ; où les femmes sont bouillies, frites, cuites ; il apporte alors ces effroyables récits à sa femme en espérant qu'elle lui sera fidèle par peur ; il se contente de ce pis-aller, le modeste mari : « Vois-tu, ma mignonne, où conduit la plus petite faute ! » lui dit-il en traduisant le discours d'Arnolphe à Agnès.

— Madame de La Baudraye est parfaitement innocente, ce jeune homme a la berlue, dit Bianchon. Madame Piédefer me paraît être beaucoup trop dévote pour inviter au château d'Anzy l'amant de sa fille. Madame de La Baudraye aurait à tromper sa mère, son mari, sa femme de chambre et celle de sa mère ; c'est trop d'ouvrage, je l'acquitte.

— D'autant plus que son mari ne la quitte pas, dit Gatien en riant de son calembour.

— Nous nous souviendrons bien d'une ou deux histoires à faire trembler Dinah, dit Lousteau. Jeune homme, et toi Bianchon, je vous demande une tenue sévère, montrez-vous diplomates, ayez un laisser-aller sans affectation, épiez, sans en avoir l'air, la figure des deux criminels, vous savez ?... en dessous, ou dans la glace, à la dérobée. Ce matin nous chasserons le lièvre, ce soir nous chasserons le Procureur du Roi.

La soirée commença triomphalement pour Lousteau qui remit à la châtelaine son album où elle trouva cette élégie.

SPLEEN

Des vers de moi chétif et perdu dans la foule
De ce monde égoïste où tristement je roule,
     Sans m'attacher à rien ;
Qui ne vis s'accomplir jamais une espérance,
Et dont l'œil, affaibli par la morne souffrance,
     Voit le mal sans le bien !
Cet album, feuilleté par les doigts d'une femme,
Ne doit pas s'assombrir au reflet de mon âme.
     Chaque chose en son lieu :
Pour une femme, il faut parler d'amour, de joie,
De bals resplendissants, de vêtements de soie,
     Et même un peu de Dieu.
Ce serait exercer sanglante raillerie
Que de me dire, à moi, fatigué de la vie :
     Dépeins-nous le bonheur ?
Au pauvre aveugle-né vante-t-on la lumière,

A l'orphelin pleurant parle-t-on d'une mère,
Sans leur briser le cœur ?
Quand le froid désespoir vous prend jeune en ce monde,
Quand on n'y peut trouver un cœur qui vous réponde,
Il n'est plus d'avenir.
Si personne avec vous quand vous pleurez ne pleure,
Quand il n'est pas aimé, s'il faut qu'un homme meure,
Bientôt je dois mourir.
Plaignez-moi ! plaignez-moi ! car souvent je blasphème
Jusqu'au nom saint de Dieu, me disant en moi-même :
Il n'a pour moi rien fait.
Pourquoi le bénirais-je, et que lui dois-je en somme ?
Il eût pu me créer beau, riche, gentilhomme,
Et je suis pauvre et laid !
ÉTIENNE LOUSTEAU.
Septembre 1836, château d'Anzy.

— Et vous avez composé ces vers depuis hier ?... s'écria le Procureur du Roi d'un ton défiant..

— Oh ! mon Dieu, oui, tout en chassant, mais cela ne se voit que trop ! J'aurais voulu faire mieux pour madame.

— Ces vers sont ravissants, fit Dinah en levant les yeux au ciel.

— C'est l'expression d'un sentiment malheureusement trop vrai, répondit Lousteau d'un air profondément triste.

Chacun devine que le journaliste gardait ces vers dans sa mémoire depuis au moins dix ans, car ils lui furent inspirés sous la Restauration par la difficulté de parvenir. Madame de La Baudraye regarda le journaliste avec la pitié que les malheurs du génie inspirent, et monsieur de Clagny, qui surprit ce regard, éprouva de la haine pour ce faux Jeune Malade. Il se mit au tric-trac avec le curé de Sancerre. Le fils du Président eut l'excessive complaisance d'apporter la lampe aux deux joueurs, de manière que la lumière tombât d'aplomb sur madame de La Baudraye qui prit son ouvrage, elle garnissait de laine l'osier d'une corbeille à papier. Les trois conspirateurs se groupèrent auprès de ces personnages.

— Pour qui faites-vous donc cette jolie corbeille, madame ? dit le journaliste. Pour quelque loterie de bienfaisance ?

— Non, dit-elle, je trouve beaucoup trop *d'affectation* dans la bienfaisance faite à son de trompe.

— Vous êtes bien indiscret, dit monsieur Gravier.

— Y a-t-il de l'indiscrétion, dit Lousteau, à demander quel est l'heureux mortel chez qui se trouvera la corbeille de madame.

— Il n'y a pas d'heureux mortel, reprit Dinah, elle est pour monsieur de La Baudraye.

Le Procureur du Roi regarda sournoisement madame de La Baudraye et la corbeille comme s'il se fût dit intérieurement : — Voilà ma corbeille à papier perdue !

— Comment, madame, vous ne voulez pas que nous le disions heureux d'avoir une jolie femme, heureux de ce qu'elle lui fait de si charmantes choses sur ses corbeilles à papier ? Le dessin est rouge et noir, à la Robin des bois. Si je me marie, je souhaite qu'après douze ans de ménage les corbeilles que brodera ma femme soient pour moi.

— Pourquoi ne seraient-elles pas pour vous ? dit madame de La Baudraye en levant sur Étienne son bel œil gris plein de coquetterie.

— Les Parisiens ne croient à rien, dit le Procureur du Roi d'un ton amer. La vertu des femmes est surtout mise en question avec une effrayante audace. Oui, depuis quelque temps, les livres que vous faites, messieurs les écrivains, vos Revues, vos pièces de théâtre, toute votre infâme littérature repose sur l'adultère...

— Eh ! monsieur le Procureur du Roi, reprit Étienne en riant, je vous laissais jouer tranquillement, je ne vous attaquais point, et voilà que vous faites un réquisitoire contre moi. Foi de journaliste, j'ai broché plus de cent articles contre les auteurs de qui vous parlez ; mais j'avoue que, si je les ai attaqués, c'était pour dire quelque chose qui ressemblât à de la critique. Soyons justes, si vous les condamnez, il faut condamner Homère et son Iliade qui roule sur la belle Hélène ; il faut condamner le Paradis Perdu de Milton, Ève et le serpent me paraissent un gentil petit adultère symbolique. Il faut supprimer les Psaumes de David, inspirés par les amours excessivement adultères de ce Louis XIV hébreu. Il faut jeter au feu Mithridate, le Tartuffe, l'École des femmes, Phèdre, Andromaque, le Mariage de Figaro, l'Enfer de Dante, les Sonnets de Pétrarque, tout Jean-Jacques Rousseau, les romans du moyen-âge, l'Histoire de France, l'Histoire romaine, etc. etc. Je ne crois pas, hormis l'Histoire des Variations de Bossuet et les Provinciales de Pascal, qu'il y ait beaucoup de livres à lire, si vous voulez en retrancher ceux où il est question de femmes aimées à l'encontre des lois.

— Le beau malheur ! dit monsieur de Clagny.

Étienne, piqué de l'air magistral que prenait monsieur de Clagny, voulut le faire enrager par une de ces froides mystifications qui consistent à défendre des opinions auxquelles on ne tient pas, dans le but de rendre furieux un pauvre homme de bonne foi, véritable plaisanterie de journaliste.

— En nous plaçant au point de vue politique où vous êtes forcé de vous mettre, dit-il en continuant sans relever l'exclamation du magistrat, en revêtant la robe du Procureur-Général à toutes les époques, car tous les gouvernements ont leur Ministère public, eh ! bien, la religion catholique se trouve infectée dans sa source d'une violente illégalité conjugale. Aux yeux du roi Hérode, à ceux de Pilate qui défendait le gouvernement romain, la femme de Joseph pouvait paraître adultère, puisque, de son propre aveu, Joseph n'était pas le père du Christ. Le juge païen n'admettait pas plus l'immaculée conception que vous n'admettriez un miracle semblable, si quelque religion se produisait aujourd'hui en s'appuyant sur un mystère de ce genre. Croyez-vous qu'un tribunal de police correctionnelle reconnaîtrait une nouvelle opération du Saint-Esprit ? or, qui peut oser dire que Dieu ne viendra pas racheter encore l'humanité ? est-elle meilleure aujourd'hui que sous Tibère ?

— Votre raisonnement est un sacrilège, répondit le Procureur du Roi.

— D'accord, dit le journaliste, mais je ne le fais pas dans une mauvaise intention. Vous ne pouvez supprimer les faits historiques. Selon moi, Pilate condamnant Jésus-Christ, Anytus, organe du parti aristocratique d'Athènes et demandant la mort de Socrate, représentaient des sociétés établies, se croyant légitimes, revêtues de pouvoirs consentis, obligées de se défendre. Pilate et Anytus étaient alors aussi logiques que les procureurs-généraux qui demandaient la tête des sergents de la Rochelle et qui font tomber aujourd'hui la tête des républicains armés contre le trône de juillet, et celles des novateurs dont le but est de renverser à leur profit les sociétés sous prétexte de les mieux organiser. En présence des grandes familles d'Athènes et de l'empire romain, Socrate et Jésus étaient criminels ; pour ces vieilles aristocraties, leurs opinions ressemblaient à celles de la Montagne : supposez leurs sectateurs triomphants, ils eussent fait un léger 93 dans l'empire romain ou dans l'Attique.

— Où voulez-vous en venir, monsieur ? dit le Procureur du Roi.

— A l'adultère ! Ainsi, monsieur, un bouddhiste en fumant sa pipe peut parfaitement dire que la religion des chrétiens est fondée sur l'adultère ; comme nous croyons que Mahomet est un imposteur, que son Coran est une réimpression de la Bible et de l'Évangile, et que Dieu n'a jamais eu la moindre intention de faire, de ce conducteur de chameaux, son prophète.

— S'il y avait en France beaucoup d'hommes comme vous, et il y en a malheureusement trop, tout gouvernement y serait impossible.

— Et il n'y aurait pas de religion, dit madame Piédefer dont le visage avait fait d'étranges grimaces pendant cette discussion.

— Tu leur causes une peine infinie, dit Bianchon à l'oreille d'Étienne, ne parle pas religion, tu leur dis des choses à les renverser.

— Si j'étais écrivain ou romancier, dit monsieur Gravier, je prendrais le parti des maris malheureux. Moi qui ai vu beaucoup de choses et d'étranges choses, je sais que dans le nombre des maris trompés il s'en trouve dont l'attitude ne manque point d'énergie, et qui, dans la crise, sont très-dramatiques, pour employer un de vos mots, monsieur, dit-il en regardant Étienne.

— Vous avez raison, mon cher monsieur Gravier, dit Lousteau, je n'ai jamais trouvé ridicules les maris trompés ; au contraire, je les aime...

— Ne trouvez-vous pas un mari sublime de confiance ? dit alors Bianchon, il croit en sa femme, il ne la soupçonne point, il a la foi du charbonnier. S'il a la faiblesse de se confier à sa femme, vous vous en moquez ; s'il est défiant et jaloux, vous le haïssez : dites-moi quel est le moyen terme pour un homme d'esprit ?

— Si monsieur le Procureur du Roi ne venait pas de se prononcer si ouvertement contre l'immoralité des récits où la charte conjugale est violée, je vous raconterais une vengeance de mari, dit Lousteau.

Monsieur de Clagny jeta ses dés d'une façon convulsive, et ne regarda point le journaliste.

— Comment donc, mais une narration de vous, s'écria madame de La Baudraye, à peine aurais-je osé vous la demander...

— Elle n'est pas de moi, madame, je n'ai pas tant de talent ; elle me fut, et avec quel charme ! racontée par un de nos écrivains les plus célèbres, le plus grand musicien littéraire que nous ayons, Charles Nodier.

— Eh ! bien, dites, reprit Dinah, je n'ai jamais entendu monsieur Nodier, vous n'avez pas de comparaison à craindre.

— Peu de temps après le 18 brumaire, dit Lousteau, vous savez qu'il y eut une levée de boucliers en Bretagne et dans la Vendée. Le premier consul, empressé de pacifier la France, entama des négociations avec les principaux chefs et déploya les plus vigoureuses mesures militaires ; mais, tout en combinant des plans de campagne avec les séductions de sa diplomatie italienne, il mit en jeu les ressorts machiavéliques de la police, alors confiée à Fouché. Rien de tout cela ne fut inutile pour étouffer la guerre allumée dans l'ouest. A cette époque, un jeune homme appartenant à la famille de Maillé fut envoyé par les

Chouans, de Bretagne à Saumur, afin d'établir des intelligences entre certaines personnes de la ville ou des environs et les chefs de l'insurrection royaliste. Instruite de ce voyage, la police de Paris avait dépêché des agents chargés de s'emparer du jeune émissaire à son arrivée à Saumur. Effectivement, l'ambassadeur fut arrêté le jour même de son débarquement ; car il vint en bateau, sous un déguisement de maître marinier. Mais, en homme d'exécution, il avait calculé toutes les chances de son entreprise ; son passe-port, ses papiers étaient si bien en règle que les gens envoyés pour se saisir de lui craignirent de se tromper. Le chevalier de Beauvoir, je me rappelle maintenant le nom, avait bien médité son rôle : il se réclama de sa famille d'emprunt, allégua son faux domicile, et soutint si hardiment son interrogatoire qu'il aurait été mis en liberté sans l'espèce de croyance aveugle que les espions eurent en leurs instructions, malheureusement trop précises. Dans le doute, ces alguasils aimèrent mieux commettre un acte arbitraire que de laisser échapper un homme à la capture duquel le Ministre paraissait attacher une grande importance. Dans ces temps de liberté, les agents du pouvoir national se souciaient fort peu de ce que nous nommons aujourd'hui la *légalité*. Le chevalier fut donc provisoirement emprisonné, jusqu'à ce que les autorités supérieures eussent pris une décision à son égard. Cette sentence bureaucratique ne se fit pas attendre. La police ordonna de garder très-étroitement le prisonnier, malgré ses dénégations. le chevalier de Beauvoir fut alors transféré, suivant de nouveaux ordres, au château de l'Escarpe, dont le nom indique assez la situation. Cette forteresse, assise sur des rochers d'une grande élévation, a pour fossés des précipices ; on y arrive de tous côtés par des pentes rapides et dangereuses ; comme dans tous les anciens châteaux, la porte principale est à pont-levis et défendue par une large douve. Le commandant de cette prison, charmé d'avoir à garder un homme de distinction dont les manières étaient fort agréables, qui s'exprimait à merveille et paraissait instruit, qualités rares à cette époque, accepta le chevalier comme un bienfait de la Providence ; il lui proposa d'être à l'Escarpe sur parole, et de faire cause commune avec lui contre l'ennui. Le prisonnier ne demanda pas mieux. Beauvoir était un loyal gentilhomme, mais c'était aussi par malheur un fort joli garçon. Il avait une figure attrayante, l'air résolu, la parole engageante, une force prodigieuse. Leste, bien découplé, entreprenant, aimant le danger, il eût fait un excellent chef de partisans ; il les faut ainsi. Le commandant assigna le plus commode des appartements à son prisonnier, l'admit à sa table, et n'eut d'abord qu'à se louer du Vendéen. Ce commandant était Corse et marié ; sa femme, jolie et agréable, lui semblait peut-être difficile à garder ; bref, il était jaloux en sa qualité de Corse et de militaire assez mal tourné. Beauvoir plut à la dame, il la trouva fort à son goût ; peut-être s'aimèrent-ils ? en prison l'amour va si vite ! Commirent-ils quelque imprudence ? Le sentiment qu'ils eurent l'un pour l'autre dépassa-t-il les bornes de cette galanterie superficielle qui est presque un de nos devoirs envers les femmes ? Beauvoir ne s'est jamais franchement expliqué sur ce point assez obscur de son histoire ; mais toujours est-il constant que le commandant se crut en droit d'exercer des rigueurs extraordinaires sur son prisonnier. Beauvoir, mis au donjon, fut nourri de pain noir, abreuvé d'eau claire, et enchaîné suivant le perpétuel programme des divertissements prodigués aux captifs. La cellule située sous la plate-forme était voûtée en pierre dure, les murailles avaient une épaisseur désespérante, la tour donnait sur le précipice. Lorsque le pauvre Beauvoir eut reconnu l'impossibilité d'une évasion, il tomba dans ces rêveries qui sont tout ensemble le désespoir et la consolation des prisonniers. Il s'occupa de ces riens qui deviennent de grandes affaires : il compta les heures et les jours, il fit l'apprentissage du triste *état de prisonnier*, se replia sur lui-même, et apprécia la valeur de l'air et du soleil ; puis, après une quinzaine de jours, il eut cette maladie terrible, cette fièvre de liberté qui pousse les prisonniers à ces sublimes entreprises dont les prodigieux résultats nous semblent inexplicables quoique réels, et que mon ami le docteur (il se tourna vers Bianchon) attribuerait sans doute à des forces inconnues, le désespoir de son analyse physiologique, mystères de la volonté humaine dont la profondeur épouvante la science (Bianchon fit un signe négatif). Beauvoir se rongeait le cœur, car la mort seule pouvait le rendre libre. Un matin le porte-clefs chargé d'apporter la nourriture du prisonnier, au lieu de s'en aller après lui avoir donné sa maigre pitance, resta devant lui les bras croisés, et le regarda singulièrement. Entre eux, la conversation se réduisait ordinairement à peu de chose, et jamais le gardien ne la commençait. Aussi le chevalier fut-il très-étonné lorsque cet homme lui dit : — Monsieur, vous avez sans doute votre idée en vous faisant toujours appeler monsieur Lebrun ou citoyen Lebrun. Cela ne me regarde pas, mon affaire n'est point de vérifier votre nom. Que vous vous nommiez Pierre ou Paul, cela m'est bien indifférent. A chacun son métier, les vaches seront bien gardées. Cependant je sais, dit-il en clignant de l'œil, que vous êtes monsieur Charles-Félix-Théodore, chevalier de Beauvoir et cousin de madame la duchesse de Maillé... — Hein ? ajouta-t-il d'un air de triomphe après un moment de silence en regardant son prisonnier. Beauvoir, se voyant incarcéré fort et ferme, ne crut pas que sa position pût empirer par l'aveu de son véritable nom. — Eh ! bien, quand je serais le chevalier de Beauvoir, qu'y gagnerais-tu ? lui dit-il. — Oh ! tout est gagné, répliqua le porte-clefs à voix basse. Écoutez-moi. J'ai reçu de l'argent pour faciliter votre évasion ; mais un instant ! Si j'étais soupçonné de la moindre chose, je serais fusillé tout bellement. J'ai donc dit que je tremperais dans cette affaire juste pour gagner mon argent. Tenez, monsieur, voici une clef, dit-il en sortant de sa poche une petite lime. Avec cela, vous scierez un de vos barreaux. Dam ! ce ne sera pas commode, reprit-il en montrant l'ouverture étroite par laquelle le jour entrait dans le cachot. C'était une espèce de baie pratiquée au-dessus du cordon qui couronnait extérieurement le donjon, entre ces grosses pierres saillantes destinées à figurer les supports des créneaux. — Monsieur, dit le geôlier, il faudra scier le fer assez près pour que vous puissiez passer. — Oh ! sois tranquille ! j'y passerai, dit le prisonnier. — Et assez haut pour qu'il vous reste de quoi attacher votre corde, reprit le porte-clefs. — Où est-elle ? demanda Beauvoir. — La voici, répondit le guichetier en lui jetant une corde à nœuds. Elle a été fabriquée avec du linge afin de faire supposer que vous l'avez confectionnée vous-même, et elle est de longueur suffisante. Quand vous serez au dernier nœud, laissez-vous couler tout doucement, le reste est votre affaire. Vous trouverez probablement dans les environs une voiture tout attelée et des amis qui vous attendent. Mais je ne sais rien, moi ! Je n'ai pas besoin de vous dire qu'il y a une sentinelle au *dret* de la tour. Vous saurez ben choisir une nuit noire, et guetter le moment où le soldat de faction dormira. Vous risquerez peut-être d'attraper un coup de fusil ; mais... — C'est bon ! c'est bon, je ne pourrirai pas ici, s'écria le chevalier. — Ah ! ça se pourrait bien tout de même, répliqua le geôlier d'un air bête. Beauvoir prit cela pour une de ces réflexions niaises que font ces gens là. L'espoir d'être bientôt libre le rendait si joyeux qu'il ne pouvait guère s'arrêter aux discours de cet homme, espèce de paysan renforcé. Il se mit à l'ouvrage aussitôt, et la journée lui suffit pour scier les barreaux. Craignant une visite du commandant, il cacha son travail, en bouchant les fentes avec de la mie de pain roulée dans de la rouille, afin de lui donner la couleur du fer. Il serra sa corde, et se mit à épier quelque nuit favorable, avec cette impatience concentrée et cette profonde agitation d'âme qui dramatisent la vie des prisonniers. Enfin, par une nuit grise, une nuit d'automne, il acheva de scier les barreaux, attacha solidement sa corde, s'accroupit à l'extérieur sur le support de pierre, en se cramponnant d'une main au bout de fer qui restait dans la baie. Puis il attendit ainsi le moment le plus obscur de la nuit et l'heure à laquelle les sentinelles doivent dormir. C'est vers le matin, à peu près. Il connaissait la durée des factions, l'instant des rondes, toutes choses dont s'occupent les prisonniers, même involontairement. Il guetta le moment où l'une des sentinelles serait aux deux tiers de sa faction et retirée dans sa guérite, à cause du brouillard. Certain d'avoir réuni toutes les chances favorables à son évasion, il se mit alors à descendre, nœud à nœud, suspendu entre le ciel et la terre, en tenant sa corde avec une force de géant. Tout alla bien. A l'avant-dernier nœud, au moment de se laisser couler à terre, il s'avisa, par une pensée prudente, de chercher le sol avec ses pieds, et ne trouva pas de sol. Le cas était assez embarrassant pour un homme en sueur, fatigué, perplexe, et dans une situation où il s'agissait de jouer sa vie à pair ou non. Il allait s'élancer. Une raison frivole l'en empêcha : son chapeau venait de tomber, heureusement il écouta le bruit que sa chute devait produire, et il n'entendit rien ! Le prisonnier conçut de vagues soupçons sur sa position ; il se demanda si le commandant ne lui avait pas tendu quelque piége : mais dans quel intérêt ? En proie à ces incertitudes, il songea presque à remettre la partie à une autre nuit. Provisoirement, il résolut d'attendre les clartés indécises du crépuscule ; heure qui ne serait peut-être pas tout à fait défavorable à sa fuite. Sa force prodigieuse lui permit de grimper vers le donjon ; mais il était presque épuisé au moment où il se remit sur le support extérieur, guettant tout comme un chat sur le bord d'une gouttière. Bientôt, à la faible clarté de l'aurore, il aperçut, en faisant flotter sa corde, une petite distance de cent pieds entre le dernier nœud et les rochers pointus du précipice. — Merci, commandant ! dit-il avec le sang-froid qui le caractérisait. Puis, après avoir quelque peu réfléchi à cette habile vengeance, il jugea nécessaire de rentrer dans son cachot. Il mit sa défroque en évidence sur son lit, laissa la corde en dehors pour faire croire à sa chute ; il se tapit tranquillement derrière la porte, et attendit l'arrivée du perfide guichetier en tenant à la main une des barres de fer qu'il avait sciées. Le guichetier, qui ne manqua pas de venir plus tôt qu'à l'ordinaire pour recueillir la succession du mort, ouvrit la porte en sifflant ; mais, quand il fut à une distance convenable, Beauvoir lui asséna sur le crâne un si furieux coup de barre que le traître tomba comme une masse, sans jeter un cri : la barre lui avait brisé la tête. Le chevalier déshabilla promptement le mort, prit ses habits, imita son allure, et, grâce à l'heure matinale et au peu de défiance des sentinelles de la porte principale, il s'évada.

Ni le Procureur du Roi, ni madame de la Baudraye ne parurent croire qu'il y eût dans ce récit la moindre prophétie qui les concernât. Les intéressés se jetèrent des regards interrogatifs, en gens surpris de la parfaite indifférence des deux prétendus amants.

— Bah ! j'ai mieux à vous raconter, dit Bianchon.

— Voyons, dirent les auditeurs à un signe que fit Lousteau pour dire que Bianchon avait sa petite réputation de conteur.

Dans les histoires dont se composait son fonds de narration, car tous les gens d'esprit ont une certaine quantité d'anecdotes comme madame de La Baudraye avait sa collection de phrases, l'illustre docteur choisit celle connue sous le nom de La Grande Bretèche et devenue si célèbre qu'on en a fait au Gymnase-Dramatique un vaudeville intitulé *Valentine*. Aussi est-il parfaitement inutile de répéter ici cette aventure, quoiqu'elle fût du fruit nouveau pour les habitants du château d'Anzy. Ce fut d'ailleurs la même perfection dans les gestes, dans les intonations qui valut tant d'éloges au docteur chez mademoiselle des Touches quand il la raconta pour la première fois. Le dernier tableau du Grand d'Espagne mourant de faim et debout dans l'armoire où l'a muré le mari de madame de Merret, et le dernier mot de ce mari répondant à une dernière prière de sa femme : — Vous avez juré sur ce crucifix qu'il n'y avait là personne ! produisit tout son effet. Il y eut un moment de silence assez flatteur pour Bianchon.

— Savez-vous, messieurs, dit alors madame de La Baudraye, que l'amour doit être une chose immense pour engager une femme à se mettre en de pareilles situations ?

— Moi qui certes ai vu d'étranges choses dans ma vie, dit monsieur Gravier, j'ai été quasi témoin en Espagne d'une aventure de ce genre-là.

— Vous venez après de grands acteurs, lui dit madame de La Baudraye en fêtant les deux Parisiens par un regard coquet, n'importe, allez.

— Quelque temps après son entrée à Madrid, dit le Receveur des contributions, le grand-duc de Berg invita les principaux personnages de cette ville à une fête offerte par l'armée française à la capitale nouvellement conquise. Malgré la splendeur du gala, les Espagnols n'y furent pas très-rieurs, leurs femmes dansèrent peu, la plupart des conviés se mirent à jouer. Les jardins du palais étaient illuminés assez splendidement pour que les dames pussent s'y promener avec autant de sécurité qu'elles l'eussent fait en plein jour. La fête était impérialement belle. Rien ne fut épargné dans le but de donner aux Espagnols une haute idée de l'Empereur, s'ils voulaient le juger d'après ses lieutenants. Dans un bosquet assez voisin du palais, entre une heure et deux du matin, plusieurs militaires français s'entretenaient des chances de la guerre, et de l'avenir peu rassurant que pronostiquait l'attitude des Espagnols présents à cette pompeuse fête. — Ma foi, dit le Chirurgien en chef du Corps d'armée où j'étais Payeur Général, hier j'ai formellement demandé mon rappel au prince Murat. Sans avoir précisément peur de laisser mes os dans la Péninsule, je préfère aller panser les blessures faites par nos bons voisins les Allemands ; leurs armes ne vont pas si avant dans le torse que les poignards castillans. Puis, la crainte de l'Espagne est, chez moi, comme une superstition. Dès mon enfance, j'ai lu des livres espagnols, un tas d'aventures sombres et mille histoires de ce pays, qui m'ont vivement prévenu contre ses mœurs. Eh ! bien, depuis notre entrée à Madrid, il m'est arrivé d'être déjà, sinon le héros, du moins le complice de quelque périlleuse intrigue, aussi noire, aussi obscure que peut l'être un roman de lady Radcliffe. J'écoute volontiers mes pressentiments, et dès demain je détale. Murat ne me refusera certes pas mon congé, car, grâce aux services que nous rendons, nous avons des protections toujours efficaces. — Puisque tu tires ta crampe, dis-nous ton événement, répondit un colonel, vieux républicain qui, du beau langage et des courtisaneries impériales, ne se souciait guère. Le Chirurgien en chef regarda soigneusement autour de lui comme pour reconnaître les figures de ceux qui l'environnaient, et, sûr qu'aucun Espagnol n'était dans le voisinage, il dit : — Nous ne sommes ici que des Français, volontiers, colonel Hulot. Il y a six jours, je revenais tranquillement à mon logis, vers onze heures du soir, après avoir quitté le général Montcornet dont l'hôtel se trouve à quelques pas du mien. Nous sortions tous les deux de chez l'Ordonnateur en chef, où nous avions fait une bouillotte assez animée. Tout à coup, au coin d'une petite rue, deux inconnus, ou plutôt deux diables, se jettent sur moi, m'entortillent la tête et les bras dans un grand manteau. Je criai, vous devez me croire, comme un chien fouetté ; mais le drap étouffait ma

voix, et je fus transporté dans une voiture avec la plus rapide
dextérité. Lorsque mes deux compagnons me débarrassèrent du
manteau, j'entendis ces désolantes paroles prononcées par une
voix de femme, en mauvais français : — Si vous criez, ou si vous
faites mine de vous échapper, si vous vous permettez le moindre
geste équivoque, le monsieur qui est devant vous est capable
de vous poignarder sans scrupule. Tenez-vous donc tranquille.
Maintenant je vais vous apprendre la cause de votre enlèvement.
Si vous voulez vous donner la peine d'étendre votre main vers
moi, vous trouverez entre nous deux vos instruments de chirur-
gie que nous avons envoyé chercher chez vous de votre part ; ils
vous seront nécessaires, nous vous emmenons dans une maison
pour sauver l'honneur d'une dame sur le point d'accoucher d'un
enfant qu'elle veut donner à ce gentilhomme sans que son mari
le sache. Quoique monsieur quitte peu madame, de laquelle
il est toujours passionnément épris, qu'il surveille avec toute
l'attention de la jalousie espagnole, elle a pu lui cacher sa grossesse, il la croit malade. Vous allez donc faire l'accouchement.
Les dangers de l'entreprise ne vous concernent pas : seulement,
obéissez-nous ; autrement, l'amant, qui est en face de vous dans
la voiture, et qui ne sait pas un mot de français, vous poignar-
derait à la moindre imprudence — Et qui êtes-vous ? lui dis-je
en cherchant la main de mon interlocutrice dont le bras était
enveloppé dans la manche d'un habit d'uniforme. — Je suis la
camériste de madame, sa confidente, et toute [tout] prête à vous
récompenser par moi-même, si vous vous prêtez galamment
aux exigences de notre situation. — Volontiers, dis-je en me
voyant embarqué de force dans une aventure dangereuse. A la
faveur de l'ombre, je vérifiai si la figure et les formes de cette
fille étaient en harmonie avec les idées que la qualité de sa voix
m'avait inspirées. Cette bonne créature s'était sans doute sou-
mise par avance à tous les hasards de ce singulier enlèvement,
car elle garda le plus complaisant silence, et la voiture n'eut pas
roulé pendant plus de dix minutes dans Madrid qu'elle reçut et
me rendit un baiser satisfaisant. L'amant que j'avais en vis-à-vis
ne s'offensa point de quelques coups de pied dont je le gratifiai
fort involontairement ; mais comme il n'entendait pas le fran-

çais, je présume qu'il n'y fit pas attention. — Je ne puis être votre maîtresse qu'à une seule condition, me dit la cameriste en réponse aux bêtises que je lui débitais emporté par la chaleur d'une passion improvisée à laquelle tout faisait obstacle. — Et laquelle ? — Vous ne chercherez jamais à savoir à qui j'appartiens. Si je viens chez vous, ce sera de nuit, et vous me recevrez sans lumière. — Bon, lui dis-je. Notre conversation en était là quand la voiture arriva près d'un mur de jardin. — Laissez-moi vous bander les yeux, me dit la femme de chambre, vous vous appuierez sur mon bras, et je vous conduirai moi-même. Elle me serra sur les yeux un mouchoir qu'elle noua fortement derrière ma tête. J'entendis le bruit d'une clef mise avec précaution dans la serrure d'une petite porte par le silencieux amant que j'avais eu pour vis-à-vis. Bientôt la femme de chambre, au corps cambré, et qui avait du *meného* dans son allure...

— C'est, dit le Receveur en prenant un petit ton de supériorité, un mot de la langue espagnole, un idiotisme qui peint les torsions que les femmes savent imprimer à une certaine partie de leur robe que vous devinez...

— La femme de chambre (je reprends le récit du Chirurgien en Chef) me conduisit, à travers les allées sablées d'un grand jardin, jusqu'à un certain endroit où elle s'arrêta. Par le bruit que nos pas firent dans l'air, je présumai que nous étions devant la maison. — Silence, maintenant, me dit-elle à l'oreille, et veillez bien sur vous-même ! Ne perdez pas de vue un seul de mes signes, je ne pourrai plus vous parler sans danger pour nous deux, et il s'agit en ce moment de vous sauver la vie. Puis, elle ajouta, mais à haute voix : — Madame est dans une chambre au rez-de-chaussée ; pour y arriver, il nous faudra passer dans la chambre et devant le lit de son mari ; ne toussez pas, marchez doucement, et suivez-moi bien de peur de heurter quelques meubles, ou de mettre les pieds hors du tapis que j'ai arrangé. Ici l'amant grogna sourdement, comme un homme impatienté de tant de retards. La cameriste se tut, j'entendis ouvrir une porte, je sentis l'air chaud d'un appartement, et nous allâmes à pas de loup, comme des voleurs en expédition. Enfin la douce main de la fille m'ôta mon bandeau. Je me trouvai dans une grande chambre, haute d'étage, et mal éclairée par une lampe fumeuse. La fenêtre était ouverte, mais elle avait été garnie de gros barreaux de fer par le jaloux mari. J'étais jeté là comme au fond d'un sac. A terre, sur une natte, une femme dont la tête était couverte d'un voile de mousseline, mais à travers lequel ses yeux pleins de larmes brillaient de tout l'éclat des étoiles, serrait avec force sur sa bouche un mouchoir et le mordait si vigoureusement que ses dents y entraient ; jamais je n'ai vu si beau corps, mais ce corps se tordait sous la douleur comme une corde de harpe jetée au feu. La malheureuse avait fait deux arcs-boutants de ses jambes, en les appuyant sur une espèce de commode ; puis, de ses deux mains, elle se tenait aux bâtons d'une chaise en tendant ses bras dont toutes les veines étaient horriblement gonflées. Elle ressemblait ainsi à un criminel dans les angoisses de la question. Pas un cri d'ailleurs, pas d'autre bruit que le sourd craquement de ses os. Nous étions là, tous trois, muets et immobiles. Les ronflements du mari retentissaient avec une consolante régularité. Je voulus examiner la cameriste ; mais elle avait remis le masque dont elle s'était sans doute débarrassée pendant la route, et je ne pus voir que deux yeux noirs et des formes agréablement prononcées. L'amant jeta sur-le-champ des serviettes sur les jambes de sa maîtresse, et replia en double sur la figure un voile de mousseline. Lorsque j'eus soigneusement observé cette femme, je reconnus, à certains symptômes jadis remarqués dans une bien triste circonstance de ma vie, que l'enfant était mort. Je me penchai vers la fille pour l'instruire de cet événement. En ce moment, le défiant inconnu tira son poignard ; mais j'eus le temps de tout dire à la femme de chambre, qui lui cria deux mots à voix basse. En entendant mon arrêt, l'amant eut un léger frisson qui passa sur lui des pieds à la tête comme un éclair, il me sembla voir pâlir sa figure sous son masque de velours noir. La cameriste saisit un moment où cet homme au désespoir regardait la mourante qui devenait violette, et me montra sur une table des verres de limonade tout préparés, en me faisant un signe négatif. Je compris qu'il fallait m'abstenir de boire, malgré l'horrible chaleur qui me desséchait le gosier. L'amant eut soif ; il prit un verre vide, l'emplit de

limonade et but. En ce moment, la dame eut une convulsion
violente qui m'annonça l'heure favorable à l'opération. Je m'ar-
mai de courage, et je pus, après une heure de travail, extraire
l'enfant par morceaux. L'Espagnol ne pensa plus à m'empoison-
ner en comprenant que je venais de sauver sa maîtresse. De
grosses larmes roulaient par instants sur son manteau. La
femme ne jeta pas un cri, mais elle tressaillait comme une bête
fauve surprise et suait à grosses gouttes. Dans un instant horriblement critique, elle fit un geste pour montrer la chambre de
son mari ; le mari venait de se retourner ; de nous quatre elle
seule avait entendu le froissement des draps, le bruissement du
lit ou des rideaux. Nous nous arrêtâmes, et, à travers les trous
de leurs masques, la camériste et l'amant se jetèrent des regards
de feu comme pour se dire : — Le tuerons-nous s'il s'éveille ?
J'étendis alors la main pour prendre le verre de limonade que
l'inconnu avait entamé. L'Espagnol crut que j'allais boire un des
verres pleins ; il bondit comme un chat, posa son long poignard
sur les deux verres empoisonnés, et me laissa le sien en me
faisant signe de boire le reste. Il y avait tant d'idées, tant de
sentiment dans ce signe et dans son vif mouvement, que je lui
pardonnai les atroces combinaisons méditées pour me tuer et
ensevelir ainsi toute mémoire de cet événement. Après deux
heures de soins et de craintes, la camériste et moi nous recou-
châmes sa maîtresse. Cet homme, jeté dans une entreprise si
aventureuse, avait pris, en prévision d'une fuite, des diamants
sur papier : il les mit à mon insu dans ma poche. Par paren-
thèse, comme j'ignorais le somptueux cadeau de l'Espagnol,
mon domestique m'a volé ce trésor le surlendemain, et s'est
enfui nanti d'une vraie fortune. Je dis à l'oreille de la femme de
chambre les précautions qui restaient à prendre, et je voulus
décamper. La camériste resta près de sa maîtresse, circonstance
qui ne me rassura pas excessivement ; mais je résolus de me
tenir sur mes gardes. L'amant fit un paquet de l'enfant mort et
des linges où la femme de chambre avait reçu le sang de sa
maîtresse ; il le serra fortement, le cacha sous son manteau, me
passa la main sur les yeux comme pour me dire de les fermer, et
sortit le premier en m'invitant par un geste à tenir le pan de son

habit. J'obéis, non sans donner un dernier regard à ma maîtresse de hasard. La cameriste arracha son masque en voyant l'Espagnol dehors, et me montra la plus délicieuse figure du monde. Quand je me trouvai dans le jardin, en plein air, j'avoue que je respirai comme si l'on m'eût ôté un poids énorme de dessus la poitrine. Je marchais à une distance respectueuse de mon guide, en veillant sur ses moindres mouvements avec la plus grande attention. Arrivés à la petite porte, il me prit par la main, m'appuya sur les lèvres un cachet monté en bague que je lui avais vu à un doigt de la main gauche, et je lui fis entendre que je comprenais ce signe éloquent. Nous nous trouvâmes dans la rue où deux chevaux nous attendaient ; nous montâmes chacun le nôtre, mon Espagnol s'empara de ma bride, la tint dans sa main gauche, prit entre ses dents les guides de sa monture, car il avait son paquet sanglant dans sa main droite, et nous partîmes avec la rapidité de l'éclair. Il me fut impossible de remarquer le moindre objet qui pût me servir à me faire reconnaître la route que nous parcourions. Au petit jour je me trouvai près de ma porte et l'Espagnol s'enfuit en se dirigeant vers la porte d'Atocha. — Et vous n'avez rien aperçu qui puisse vous faire soupçonner à quelle femme vous aviez affaire ? dit le colonel au chirurgien. — Une seule chose, reprit-il. Quand je disposai l'inconnue, je remarquai sur son bras, à peu près au milieu, une petite envie, grosse comme une lentille et environnée de poils bruns. En ce moment l'indiscret chirurgien pâlit ; tous les yeux fixés sur les siens en suivirent la direction : nous vîmes alors un Espagnol dont le regard brillait dans une touffe d'orangers. En se voyant l'objet de notre attention, cet homme disparut avec une légèreté de sylphe. Un capitaine s'élança vivement à sa poursuite. — Sarpejeu, mes amis ! s'écria le chirurgien, cet œil de basilic m'a glacé. J'entends sonner des cloches dans mes oreilles ! Recevez mes adieux, vous m'enterrerez ici ! — Es-tu bête ? dit le colonel Hulot. Falcon s'est mis à la piste de l'Espagnol qui nous écoutait, il saura bien nous en rendre raison. — Hé ! bien, s'écrièrent les officiers en voyant revenir le capitaine tout essoufflé. — Au diable ! répondit Falcon, il a passé, je crois, à travers les murailles. Comme je ne pense pas qu'il soit sorcier, il est sans doute de la maison ! il en connaît les passages, les détours, et m'a facilement échappé. — Je suis perdu ! dit le chirurgien d'une voix sombre. — Allons, tiens-toi calme, Béga (il s'appelait Béga), lui répondis-je, nous nous casernerons à tour de rôle chez toi jusqu'à ton départ. Ce soir nous t'accompagnerons. En effet, trois jeunes officiers qui avaient perdu leur argent au jeu reconduisirent le chirurgien à son logement, et l'un de nous s'offrit à rester chez lui. Le surlendemain Béga avait obtenu son renvoi en France, il faisait tous ses préparatifs pour partir avec une dame à laquelle Murat donnait une forte escorte ; il achevait de dîner en compagnie de ses amis, lorsque son domestique vint le prévenir qu'une jeune dame voulait lui parler. Le chirurgien et les trois officiers descendirent aussitôt en craignant quelque piége. L'inconnue ne put que dire à son amant : — Prenez garde ! et tomba morte. Cette femme était la camériste, qui, se sentant empoisonnée, espérait arriver à temps pour sauver le chirurgien. — Diable ! diable ! s'écria le capitaine Falcon, voilà ce qui s'appelle aimer ! une Espagnole est la seule femme au monde qui puisse trotter avec un monstre de poison dans le bocal. Béga resta singulièrement pensif. Pour noyer les sinistres pressentiments qui le tourmentaient, il se remit à table, et but immodérément, ainsi que ses compagnons. Tous, à moitié ivres, se couchèrent de bonne heure. Au milieu de la nuit, le pauvre Béga fut réveillé par le bruit aigu que firent les anneaux de ses rideaux violemment tirés sur les tringles. Il se mit sur son séant, en proie à la trépidation mécanique qui nous saisit au moment d'un semblable réveil. Il vit alors, debout devant lui, un Espagnol enveloppé dans son manteau, et qui lui jetait le même regard brûlant parti du buisson pendant la fête. Béga cria : — Au secours ! A moi, mes amis ! A ce cri de détresse, l'Espagnol répondit par un rire amer. — L'opium croît pour tout le monde, répondit-il. Cette espèce de sentence dite, l'inconnu montra les trois amis profondément endormis, tira de dessous son manteau un bras de femme récemment coupé, le présenta vivement à Béga en lui faisant voir un signe semblable à celui qu'il avait si imprudemment décrit : — Est-ce bien le même ? demanda-t-il. A la lueur d'une lanterne posée sur le lit, Béga reconnut le bras et répondit par sa stupeur. Sans plus amples informations, le mari de l'inconnue lui plongea son poignard dans le cœur.

— Il faut raconter cela, dit le journaliste, a des charbon-niers, car il faut une foi robuste. Pourriez-vous m'expliquer qui, du mort ou de l'Espagnol, a causé ?

— Monsieur, répondit le Receveur des contributions, j'ai soigné ce pauvre Béga, qui mourut cinq jours après dans d'horribles souffrances. Ce n'est pas tout. Lors de l'expédition entreprise pour rétablir Ferdinand VII, je fus nommé à un poste en Espagne, et fort heureusement je n'allai pas plus loin qu'à Tours, car on me fit alors espérer la recette de Sancerre. La veille de mon départ, j'étais à un bal chez madame de Listomère où devaient se trouver plusieurs Espagnols de distinction. En quit-tant la table d'écarté, j'aperçus un Grand d'Espagne, un *Afrance-sado* en exil, arrivé depuis quinze jours en Touraine. Il était venu fort tard à ce bal, où il apparaissait pour la première fois dans le monde, et visitait les salons accompagné de sa femme, dont le bras droit était absolument immobile. Nous nous séparâmes en silence pour laisser passer ce couple, que nous ne vîmes pas sans émotion. Imaginez un vivant tableau de Murillo ? Sous des orbites creusés et noircis, l'homme montrait des yeux de feu qui restaient fixes ; sa face était desséchée, son crâne sans cheveux offrait des tons ardents, et son corps effrayait le regard, tant il était maigre. La femme ! imaginez-la ? non, vous ne la feriez pas vraie. Elle avait cette admirable taille qui a fait créer ce mot de *meného* dans la langue espagnole ; quoique pâle, elle était belle encore ; son teint, par un privilége inouï pour une Espagnole, éclatait de blancheur ; mais son regard, plein du soleil de l'Es-pagne, tombait sur vous comme un jet de plomb fondu. — Ma-dame, demandai-je à la marquise vers la fin de la soirée, par quel événement avez-vous donc perdu le bras ? — Dans la guerre de l'indépendance, me répondit-elle.

— L'Espagne est un singulier pays, dit madame de La Baudraye, il y reste quelque chose des mœurs arabes.

— Oh ! dit le journaliste en riant, cette manie de couper les bras y est fort ancienne, elle reparaît à certaines époques comme quelques-uns de nos *canards* dans les journaux, car ce sujet avait déjà fourni des pièces au Théâtre Espagnol, dès 1570...

— Me croyez-vous donc capable d'inventer une histoire ? dit monsieur Gravier piqué de l'air impertinent de Lousteau.

— Vous en êtes incapable, répondit le journaliste.

— Bah ! dit Bianchon, les inventions des romanciers et des dramaturges sautent aussi souvent de leurs livres de leurs pièces dans la vie réelle que les événements de la vie réelle montent sur le théâtre et se prélassent dans les livres. J'ai vu se réaliser sous mes yeux la comédie de Tartuffe, à l'exception du dénoûment : on n'a jamais pu dessiller les yeux à Orgon.

— Croyez-vous qu'il puisse encore arriver en France des aventures comme celle que vient de nous raconter monsieur Gravier ? dit madame de La Baudraye.

— Eh ! mon Dieu, s'écria le Procureur du Roi, *sur les dix ou douze crimes saillants qui se commettent* par année en France, il s'en trouve la moitié dont les circonstances sont au moins aussi extraordinaires que celles de vos aventures, et qui très-souvent les surpassent en romanesque. Cette vérité n'est-elle pas d'ailleurs prouvée par la publication de la *Gazette des Tribunaux*, à mon sens l'un des plus grands abus de la Presse. Ce journal, qui ne date que de 1826 ou 1827, n'existait donc pas lors de mon début dans la carrière du Ministère public, et les détails du crime dont je vais vous parler n'ont pas été connus au delà du Département où il fut *perpétré*. Dans le faubourg Saint-Pierre-des-Corps à Tours, une femme, dont le mari avait disparu lors du licenciement de l'armée de la Loire en 1816 et qui naturellement fut pleuré beaucoup, se fit remarquer par une excessive dévotion. Quand les missionnaires parcoururent les villes de province pour y replanter les croix abattues et y effacer les traces des impiétés révolutionnaires, cette veuve fut une des plus ardentes prosélytes, elle porta la croix, elle y cloua son cœur en argent traversé d'une flèche, et, long-temps après la mission, elle allait tous les soirs faire sa prière aux pieds de

la croix qui fut plantée derrière le chevet de la cathédrale. Enfin vaincue par ses remords, elle se confessa d'un crime épouvantable. Elle avait égorgé son mari comme on avait égorgé
Fualdès, en le saignant, elle l'avait salé, mis dans deux vieux
poinçons, en morceaux, absolument comme s'il se fût [fut] agi
d'un porc. Et pendant fort long-temps, tous les matins, elle en
coupait un morceau et l'allait jeter dans la Loire. Le confesseur
consulta ses supérieurs, et avertit sa pénitente qu'il devait prévenir le Procureur du Roi. La femme attendit la descente de la
justice. Le Procureur du Roi, le Juge d'Instruction en visitant la
cave y trouvèrent encore la tête du mari dans le sel et dans un
des poinçons. — Mais, malheureuse, dit le Juge d'Instruction
à l'*inculpée*, puisque vous avez eu la barbarie de jeter ainsi dans
la rivière le corps de votre mari, pourquoi n'avez-vous pas fait
disparaître aussi la tête, il n'y aurait plus eu de preuves... — Je
l'ai bien souvent essayé, monsieur, dit-elle ; mais je l'ai toujours
trouvée trop lourde.

— Eh ! bien, qu'a-t-on fait de la femme ?... s'écrièrent les
deux Parisiens.

— Elle a été condamnée et exécutée à Tours, répondit le
magistrat ; mais son repentir et sa religion avaient fini par attirer
l'intérêt sur elle, malgré l'énormité du crime.

— Eh ! sait-on, dit Bianchon, toutes les tragédies qui se
jouent derrière le rideau du ménage que le public ne soulève jamais... Je trouve la justice humaine malvenue à juger des crimes
entre époux ; elle y a tout droit comme police, mais elle n'y
entend rien dans ses prétentions à l'équité.

— Bien souvent la victime a été pendant si long-temps le
bourreau, répondit naïvement madame de La Baudraye, que le
crime paraîtrait quelquefois excusable si les accusés osaient tout
dire.

Cette réponse provoquée par Bianchon, et l'histoire racontée par le Procureur du Roi, rendirent les deux Parisiens
très-perplexes sur la situation de Dinah ! Aussi lorsque l'heure
du coucher fut arrivée, y eut-il un de ces conciliabules qui se
tiennent dans les corridors de ces vieux châteaux où les garçons

restent tous, leur bougeoir à la main, à causer mystérieusement. Monsieur Gravier apprit alors le but de cette amusante soirée où l'innocence de madame de La Baudraye avait été mise en lumière.

— Après tout, dit Lousteau, l'impassibilité de notre châtelaine indiquerait aussi bien une profonde dépravation que la candeur la plus enfantine... Le Procureur du Roi m'a eu l'air de proposer de mettre le petit La Baudraye en salade...

— Il ne revient que demain, qui sait ce qui se passera cette nuit ? dit Gatien.

— Nous le saurons, s'écria monsieur Gravier.

La vie de château comporte une infinité de mauvaises plaisanteries, parmi lesquelles il en est qui sont d'une horrible perfidie. Monsieur Gravier, qui avait vu tant de choses, proposa de mettre les scellés à la porte de madame de La Baudraye et sur celle du Procureur du Roi. Les canards accusateurs du poète Ibicus ne sont rien en comparaison du cheveu que les espions de la vie de château fixent sur l'ouverture d'une porte par deux petites boules de cire applaties, et placées si bas ou si haut qu'il est impossible de se douter de ce piége. Le galant sort-il et ouvre-t-il l'autre porte soupçonnée, la coïncidence des cheveux arrachés dit tout. Quand chacun fut censé endormi, le médecin, le journaliste, le Receveur des contributions et Gatien vinrent pieds nus, en vrais voleurs, condamner mystérieusement les deux portes, et se promirent de venir à cinq heures du matin vérifier l'état des scellés. Jugez de leur étonnement et du plaisir de Gatien, lorsque tous quatre, un bougeoir à la main, à peine vêtus, vinrent examiner les cheveux et trouvèrent celui du Procureur du Roi et celui de madame de La Baudraye dans un satisfaisant état de conservation.

— Est-ce la même cire ? dit monsieur Gravier.

— Est-ce les mêmes cheveux ? demanda Lousteau.

— Oui, dit Gatien.

— Ceci change tout, s'écria Lousteau, vous aurez battu les buissons pour Robin-des-Bois.

Le Receveur des contributions et le fils du Président s'interrogèrent par un coup d'œil qui voulait dire : N'y a-t-il pas dans cette phrase quelque chose de piquant pour nous ? devons-nous rire ou nous fâcher ?

— Si, dit le journaliste à l'oreille de Bianchon, Dinah est vertueuse, elle vaut bien la peine que je cueille le fruit de son premier amour.

L'idée d'emporter en quelques instants une place qui résistait depuis neuf ans aux Sancerrois sourit alors à Lousteau. Dans cette pensée, il descendit le premier dans le jardin espérant y rencontrer la châtelaine. Ce hasard arriva d'autant mieux que madame de La Baudraye avait aussi le désir de s'entretenir avec son critique. La moitié des hasards sont cherchés.

— Hier, vous avez chassé, monsieur, dit madame de La Baudraye. Ce matin je suis assez embarrassée de vous offrir quelque nouvel amusement ; à moins que vous ne vouliez venir à La Baudraye, où vous pourrez observer la province un peu mieux qu'ici : car vous n'avez fait qu'une bouchée de mes ridicules ; mais le proverbe sur la plus belle fille du monde regarde aussi la pauvre femme de province.

— Ce petit sot de Gatien, répondit Lousteau, vous a répété sans doute une phrase dite par moi pour lui faire avouer qu'il vous adorait. Votre silence avant-hier pendant le dîner et pendant toute la soirée m'a suffisamment révélé l'une de ces indiscrétions qui ne se commettent jamais à Paris. Que voulez-vous ! je ne me flatte pas d'être intelligible. Ainsi, j'ai comploté de faire raconter toutes ces histoires hier uniquement pour savoir si nous vous causerions à vous et à monsieur de Clagny quelque remords... Oh ! rassurez-vous, nous avons la certitude de votre innocence. Si vous aviez eu la moindre faiblesse pour ce vertueux magistrat, vous eussiez perdu tout votre prix à mes yeux... J'aime ce qui est complet. Vous n'aimez pas, vous ne pouvez pas aimer ce froid, ce petit, ce sec, ce muet usurier en poinçons et en terres qui vous plante là pour vingt-cinq centimes à gagner sur des regains ! Oh ! j'ai bien reconnu l'identité de monsieur de La Baudraye avec nos escompteurs de Paris : c'est la même nature. Vingt-huit ans, belle, sage, sans enfants... tenez, madame, je n'ai jamais rencontré le problème de la vertu mieux posé... L'auteur de *Paquita la Sévillane* doit avoir rêvé bien des rêves !... Je puis vous parler de toutes ces choses sans l'hypocrisie de paroles que les jeunes gens y mettent, je suis vieux avant le temps. Je n'ai plus d'illusions, en conserve-t-on au métier que j'ai fait ?...

En débutant ainsi, Lousteau supprimait toute la carte du Pays de Tendre, dans laquelle les passions vraies font de si longues patrouilles, il allait droit au but et se mettait en position de se faire offrir ce que les femmes se font demander pendant des années, témoin le pauvre Procureur du Roi pour qui la dernière faveur consistait à serrer un peu plus coitement qu'à l'ordinaire le bras de Dinah sur son cœur en marchant, l'heureux homme ! Aussi, pour ne pas mentir à son renom de femme supérieure, madame de La Baudraye essaya-t-elle de consoler le Manfred du Feuilleton en lui prophétisant tout un avenir d'amour auquel il n'avait pas songé.

— Vous avez cherché le plaisir, mais vous n'avez pas encore aimé, dit-elle. Croyez-moi, l'amour véritable arrive souvent à contre-sens de la vie. Voyez monsieur de Gentz tombant, dans sa vieillesse, amoureux de Fanny Ellsler, et abandonnant les révolutions de juillet pour les répétitions de cette danseuse ?

— Cela me semble difficile, répondit Lousteau. Je crois à l'amour, mais je ne crois plus à la femme... Il y a sans doute en moi des défauts qui m'empêchent d'être aimé, car j'ai souvent été quitté. Peut-être ai-je trop le sentiment de l'idéal... comme tous ceux qui ont creusé la réalité...

Madame de La Baudraye entendit enfin parler un homme qui, jeté dans le milieu parisien le plus spirituel, en rapportait les axiomes hardis, les dépravations presque naïves, les convictions avancées, et qui, s'il n'était pas supérieur, jouait au moins très-bien la supériorité. Étienne eut auprès de Dinah tout le succès d'une première représentation. Paquita la Sancerroise aspira les tempêtes de Paris, l'air de Paris. Elle passa l'une des journées les plus agréables de sa vie entre Étienne et Bianchon qui lui racontèrent les anecdotes curieuses sur les grands hommes du jour, les traits d'esprit qui seront quelque jour l'*ana* de notre siècle ; mots et faits vulgaires à Paris, mais tout nouveaux pour elle. Naturellement Lousteau dit beaucoup de mal de la grande célébrité féminine du Berry, mais dans l'évidente intention de flatter madame de La Baudraye et de l'amener sur le terrain des confidences littéraires en lui faisant considérer cet écrivain comme sa rivale. Cette louange enivra madame de La Baudraye qui parut à monsieur de Clagny, au Receveur des contributions et à Gatien plus affectueuse que la veille avec Étienne. Ces amants de Dinah regrettèrent bien d'être allés tous à Sancerre, où ils avaient tambouriné la soirée d'Anzy. Jamais, à les entendre, rien de si spirituel ne s'était dit. Les Heures s'étaient envolées sans qu'on pût en voir les pieds légers. Les deux Parisiens furent célébrés par eux comme deux prodiges.

Ces exagérations trompetées sur le Mail eurent pour effet de faire arriver seize personnes le soir au château d'Anzy, les unes en cabriolet de famille, les autres en char-à-bancs, et quelques célibataires sur des chevaux de louage. Vers sept heures, ces provinciaux firent plus ou moins bien leurs entrées dans l'immense salon d'Anzy que Dinah, prévenue de cette invasion, avait éclairé largement, auquel elle avait donné tout son lustre en dépouillant ses beaux meubles de leurs housses grises, car elle regarda cette soirée comme un de ses grands jours. Lousteau, Bianchon et Dinah échangèrent des regards pleins de finesse en examinant les poses, en écoutant les phrases de ces visiteurs alléchés par la curiosité. Combien de rubans invalides, de dentelles héréditaires, de vieilles fleurs plus artificieuses qu'artificielles se présentèrent audacieusement sur des bonnets bisannuels ! La Présidente Boirouge, cousine de Bianchon, échangea quelques phrases avec le docteur, de qui elle obtint une consultation gratuite en lui expliquant de prétendues douleurs nerveuses à l'estomac dans lesquelles il reconnut des indigestions périodiques.

— Prenez tout bonnement du thé tous les jours une heure après votre dîner, comme les Anglais, et vous serez guérie, car ce que vous éprouvez est une maladie anglaise, répondit gravement Bianchon.

— C'est décidément un bien grand médecin, dit la Présidente en revenant auprès de madame de Clagny, de madame Popinot-Chandier et de madame Gorju la femme du maire.

— On dit, répliqua sous son éventail madame de Clagny, que Dinah l'a fait venir bien moins pour les Élections que pour savoir d'où provient sa stérilité...

Dans le premier moment de leur succès, Lousteau présenta le savant médecin comme le seul candidat possible aux prochaines Élections. Mais Bianchon, au grand contentement du nouveau Sous-Préfet, fit observer qu'il lui paraissait presque impossible d'abandonner la science pour la politique.

— Il n'y a, dit-il, que des médecins sans clientèle qui puissent se faire nommer députés. Nommez donc des hommes d'État, des penseurs, des gens dont les connaissances soient universelles, et qui sachent se mettre à la hauteur où doit être un législateur : voilà ce qui manque dans nos Chambres et ce qu'il faut à notre pays !

Deux ou trois jeunes personnes, quelques jeunes gens et les femmes examinaient Lousteau comme si c'eût été un faiseur de tours.

— Monsieur Gatien Boirouge prétend que monsieur Lousteau gagne vingt mille francs par an à écrire, dit la femme du maire à madame de Clagny, le croyez-vous ?

— Est-ce possible ? puisqu'on ne paye que mille écus un Procureur du Roi...

— Monsieur Gatien, dit madame Chandier, faites-donc parler tout haut monsieur Lousteau, je ne l'ai pas encore entendu...

— Quelles jolies bottes il a, dit mademoiselle Chandier à son frère, et comme elles reluisent !

— Bah ! c'est du vernis !

— Pourquoi n'en as-tu pas ?

Lousteau finit par trouver qu'il *posait* un peu trop, et reconnut dans l'attitude des Sancerrois les indices du désir qui les avait amenés. — Quelle charge pourrait-on leur faire ? pensa-t-il.

En ce moment, le prétendu valet de chambre de La Baudraye, un valet de ferme vêtu d'une livrée, apporta les lettres, les journaux, et remit un paquet d'épreuves que le journaliste laissa prendre à Bianchon, car madame de La Baudraye lui dit en voyant le paquet dont la forme et les ficelles étaient assez typographiques : — Comment ! la littérature vous poursuit jusqu'ici ?

— Non pas la littérature, répondit-il, mais la Revue où j'achève une Nouvelle et qui paraît dans dix jours. Je suis venu sous le coup de : *La fin à la prochaine livraison*, et j'ai dû donner mon adresse à l'imprimeur. Ah ! nous mangeons un pain bien chèrement vendu par les spéculateurs en papier noirci ! Je vous peindrai l'espèce curieuse des Directeurs de Revue.

— Quand la conversation commencera-t-elle ? dit alors à Dinah madame de Clagny comme on demande : A quelle heure le feu d'artifice ?

— Je croyais, dit madame Popinot-Chandier à sa cousine la Présidente Boirouge, que nous aurions des histoires.

En ce moment où, comme un parterre impatient, les Sancerrois faisaient entendre des murmures, Lousteau vit Bianchon perdu dans une rêverie inspirée par l'enveloppe des épreuves.

— Qu'as-tu ? lui dit Étienne.

— Mais voici le plus joli roman du monde contenu dans une maculature qui enveloppait tes épreuves. Tiens, lis : *Olympia ou les Vengeances romaines*.

— Voyons, dit Lousteau en prenant le fragment de maculature que lui tendit le docteur, et il lut à haute voix ceci :

caverne. Rinaldo, s'indignant de la lâcheté de ses compagnons, qui n'avaient de courage qu'en plein air et n'osaient s'aventurer dans Rome, jeta sur eux un regard de mépris.

— Je suis donc seul !... leur dit-il.

Il parut penser, puis il reprit : — Vous êtes des misérables, j'irai seul, et j'aurai seul cette riche proie... vous m'entendez !... Adieu.

— Mon capitaine !... dit Lamberti, et si vous étiez pris sans avoir réussi ?...

— Dieu me protège !... reprit Rinaldo en montrant le ciel.

A ces mots, il sortit, et rencontra sur la route l'intendant de Bracciano

— La page est finie, dit Lousteau que tout le monde avait religieusement écouté.

— Il nous lit son ouvrage, dit Gatien au fils de madame Popinot-Chandier.

— D'après les premiers mots, il est évident, mesdames, reprit le journaliste en saisissant cette occasion de mystifier les Sancerrois, que les brigands sont dans une caverne. Quelle négligence mettaient alors les romanciers dans les détails, aujourd'hui si curieusement, si longuement observés, sous prétexte de couleur locale ! Si les voleurs sont dans une caverne, au lieu de : *en montrant le ciel*, il aurait fallu : *en montrant la voûte*. Malgré cette incorrection, *Rinaldo* me semble un homme d'exécution, et son apostrophe à Dieu sent l'Italie. Il y avait dans ce roman un soupçon de couleur locale. Peste ! des brigands, une caverne, un Lamberti qui sait calculer... Je vois tout un vaudeville dans cette page. Ajoutez à ces premiers éléments un bout d'intrigue, une jeune paysanne à chevelure relevée, à jupes courtes, et une centaine de couplets détestables... oh ! mon Dieu, le public viendra. Et puis, Rinaldo... comme ce nom-là convient à Lafont ! En lui supposant des favoris noirs, un pantalon collant, un manteau, des moustaches, un pistolet et un chapeau pointu ; si le directeur du Vaudeville a le courage de payer quelques articles de journaux, voilà cinquante représentations acquises au Vaudeville et six mille francs de droits d'auteur si je veux dire du bien de la pièce dans mon feuilleton. Continuons.

La duchesse de Bracciano retrouva son gant. Certes, Adolphe, qui l'avait ramenée au bosquet d'orangers, put croire qu'il y avait de la coquetterie dans cet oubli ; car alors le bosquet était désert. Le bruit de la fête retentissait vaguement au loin. Les *fantoccini* annoncés avaient attiré tout le monde dans la galerie. Jamais Olympia ne parut plus belle à son amant. Leurs regards, animés du même feu, se comprirent. Il y eut un moment de silence délicieux pour leurs âmes et impossible à rendre. Ils s'assirent sur le même banc où ils s'étaient trouvés en présence du chevalier de Paluzzi et des rieurs

— Malepeste ! je ne vois plus notre Rinaldo, s'écria Lousteau. Mais quels progrès dans la compréhension de l'intrigue un homme littéraire ne fera-t-il pas à cheval sur cette page ? La duchesse Olympia est une femme *qui pouvait oublier à dessein ses gants dans un bosquet désert !*

— A moins d'être placé entre l'huître et le sous-chef de bureau, les deux créations les plus voisines du marbre dans le règne zoologique, il est impossible de ne pas reconnaître dans Olympia *une femme de trente ans !* dit madame de La Baudraye. Adolphe en a dès lors vingt-deux, car une Italienne de trente ans est comme une Parisienne de quarante ans.

— Avec ces deux suppositions, le roman peut se reconstruire, reprit Lousteau. Et ce chevalier de Paluzzi ! hein !... quel homme ! Dans ces deux pages le style est faible, l'auteur était peut-être un employé des Droits-Réunis, il aura fait le roman pour payer son tailleur...

— A cette époque, dit Bianchon, il y avait une censure, et il faut être aussi indulgent pour l'homme qui passait sous les ciseaux de 1805 que pour ceux qui allaient à l'échafaud en 1793.

— Comprenez-vous quelque chose ? demanda timidement madame Gorju, la femme du Maire, à madame de Clagny.

La femme du Procureur du Roi, qui, selon l'expression de monsieur Gravier, aurait pu mettre en fuite un jeune Cosaque en 1814, se raffermit sur ses hanches comme un cavalier sur ses étriers, et fit une moue à sa voisine qui voulait dire : — On nous regarde ! sourions comme si nous comprenions.

— C'est charmant ! dit la mairesse à Gatien. De grâce, monsieur Lousteau, continuez ?

Lousteau regarda les deux femmes, deux vraies pagodes indiennes, et put tenir son sérieux. Il jugea nécessaire de s'écrier : Attention ! en reprenant ainsi :

robe frôla dans le silence. Tout à coup le cardinal Borborigano parut aux yeux de la duchesse. Il avait un visage sombre ; son front semblait chargé de nuages, et un sourire amer se dessinait dans ses rides.

— Madame, dit-il, vous êtes soupçonnée. Si vous êtes coupable, fuyez ; si vous ne l'êtes pas, fuyez encore : parce que, vertueuse ou criminelle, vous serez de loin bien mieux en état de vous défendre...

— Je remercie Votre Éminence de sa sollicitude, dit-elle, le duc de Bracciano reparaîtra quand je jurerai nécessaire de faire voir qu'il existe

— Le cardinal Borborigano ! s'écria Bianchon. Par les clefs du pape ! si vous ne m'accordez pas qu'il se trouve une magnifique création seulement dans le nom, si vous ne voyez pas à ces mots : *robe frôla dans le silence !* toute la poésie du rôle de *Schedoni* inventé par madame Radcliffe dans *le Confessionnal des Pénitents noirs*, vous êtes indigne de lire des romans...

— Pour moi, reprit Dinah qui eut pitié des dix-huit figures qui regardaient Lousteau, la fable marche. Je connais tout : je suis à Rome, je vois le cadavre d'un mari assassiné dont la femme, audacieuse et perverse, a établi son lit sur un cratère. A chaque nuit, à chaque plaisir, elle se dit : Tout va se découvrir !...

— La voyez-vous, s'écria Lousteau, étreignant ce monsieur Adolphe, elle le serre, elle veut mettre toute sa vie dans un baiser !... Adolphe me fait l'effet d'être un jeune homme parfaitement bien fait, mais sans esprit, un de ces jeunes gens comme il en faut aux Italiennes. Rinaldo plane sur l'intrigue que nous se connaissons pas, mais qui doit être corsée comme celle d'un mélodrame de Pixérécourt. Nous pouvons nous figurer d'ailleurs que Rinaldo passe dans le fond du théâtre, comme un personnage des drames de Victor Hugo.

— Et c'est le mari peut-être, s'écria madame de La Baudraye.

— Comprenez-vous quelque chose à tout cela ? demanda madame Piédefer à la Présidente.

— C'est ravissant, dit madame de La Baudraye à sa mère.

Tous les gens de Sancerre ouvraient des yeux grands comme des pièces de cent sous.

— Continuez, de grâce, fit madame de La Baudraye.

Lousteau continua.

— Votre clef !...

— L'auriez-vous perdue ?...

— Elle est dans le bosquet...

— Courons...

— Le cardinal l'aurait-il prise ?...

— Non... La voici...

— De quel danger nous sortons !

Olympia regarda la clef, elle crut reconnaître la sienne ; mais Rinaldo l'avait changée : ses ruses avaient réussi, il possédait la véritable clef. Moderne Cartouche, il avait autant d'habileté que de courage, et, soupçonnant que des trésors considérables pouvaient seuls obliger une duchesse à toujours porter à sa ceinture

— Cherche !... s'écria Lousteau. La page qui faisait le recto suivant n'y est pas, il n'y a plus pour nous tirer d'inquiétude que la page 212.

— Si la clef avait été perdue !

— Il serait mort...

— Mort ! ne devriez-vous pas accéder à la dernière prière qu'il vous a faite, et lui donner la liberté aux conditions qu'il...

— Vous ne le connaissez pas...

— Mais...

— Tais-toi. Je t'ai pris pour amant, et non pour confesseur.

Adolphe garda le silence.

— Puis voilà un Amour sur une chèvre au galop, une vignette dessinée par *Normand*, gravée par *Duplat*... Oh ! les noms y sont, dit Lousteau.

— Eh ! bien, la suite ? dirent ceux des auditeurs qui comprenaient.

— Mais le chapitre est fini, répondit Lousteau. La circonstance de la vignette change totalement mes opinions sur l'auteur. Pour avoir obtenu, sous l'Empire, des vignettes gravées sur bois, l'auteur devait être un Conseiller d'État ou madame Barthélemy-Hadot, feu Desforges ou Sewrin.

— *Adolphe garda le silence !...* Ah ! dit Bianchon, la duchesse a moins de trente ans.

— S'il n'y a plus rien, inventez une fin ! dit madame de La Baudraye.

— Mais, dit Lousteau, la maculature n'a été tirée que d'un seul côté. En style typographique, le côté de *seconde*, ou, pour vous mieux faire comprendre, tenez, le revers qui aurait dû être imprimé, se trouve avoir reçu un nombre incommensurable d'empreintes diverses, elle appartient à la classe des feuilles dites de *mise en train*. Comme il serait horriblement long de vous apprendre en quoi consistent les dérèglements d'une feuille de *mise en train*, sachez qu'elle ne peut pas plus garder trace des douze premières pages que les pressiers y ont imprimées, que vous ne pourriez garder un souvenir quelconque du premier coup de bâton qu'on vous eût donné, si quelque pacha vous eût condamnée à en recevoir cent cinquante sur la plante des pieds.

— Je suis comme une folle, dit madame Popinot-Chandier à monsieur Gravier ; je tâche de m'expliquer le Conseiller d'État, le Cardinal, la clef et cette maculat...

— Vous n'avez pas la clef de cette plaisanterie, dit monsieur Gravier ; eh ! bien, ni moi non plus, belle dame, rassurez-vous.

— Mais il y a une autre feuille, dit Bianchon qui regarda sur la table où se trouvaient les épreuves.

— Bon, dit Lousteau, elle est saine et entière ! Elle est signée IV ; J. 2ᵉ *édition*. Mesdames, le IV indique le quatrième volume. Le J, dixième lettre de l'alphabet, la dixième feuille. Il me paraît dès lors prouvé que, sauf les ruses du libraire, *les Vengeances romaines* ont eu du succès, puisqu'elles auraient eu deux éditions. Lisons et déchiffrons cette énigme ?

corridor ; mais, se sentant poursuivi par les gens de la
duchesse, Rinaldo

— Va te promener !

— Oh ! dit madame de La Baudraye, il y a eu des événements importants entre votre fragment de maculature et cette
page.

— Dites, madame, cette précieuse *bonne feuille !* Mais la
maculature où la duchesse a oublié ses gants dans le bosquet
appartient-elle au quatrième volume ? Au diable ! continuons :

ne trouve pas d'asile plus sûr que d'aller sur-le-champ
dans le souterrain où devaient être les trésors de la maison de
Bracciano. Léger comme la Camille du poète latin, il courut
vers l'entrée mystérieuse des Bains de Vespasien. Déjà les torches
éclairaient les murailles, lorsque l'adroit Rinaldo, découvrant
avec la perspicacité dont l'avait doué la nature, la porte cachée
dans le mur, disparut promptement. Une horrible réflexion
sillonna l'âme de Rinaldo comme la foudre quand elle déchire
les nuages. Il s'était emprisonné !... Il tâta le

— Oh ! cette bonne feuille et le fragment de *maculature* se
suivent ! La dernière page du fragment est la 212 et nous avons
ici 217 ! Et, en effet, si, *dans la maculature*, Rinaldo, qui a volé
la clef des trésors de la duchesse Olympia en lui en substituant
une à peu près semblable, se trouve, *dans cette bonne feuille*, au
palais des ducs de Bracciano, le roman me paraît marcher à une
conclusion quelconque. Je souhaite que ce soit aussi clair pour
vous que cela le devient pour moi... Pour moi, la fête est finie,
les deux amants sont revenus au palais Bracciano, il est nuit, il
est une heure du matin. Rinaldo va faire un bon coup !

— Et Adolphe ?... dit le Président Boirouge qui passait
pour être un peu leste en paroles.

— *Et quel style ! dit Bianchon :* Rinaldo qui trouve l'asile
d'aller !...

— Évidemment ni Maradan, ni les Treuttel et Wurtz,
ni Doguereau n'ont imprimé ce roman-là, dit Lousteau ; car
ils avaient des correcteurs à leurs gages, qui revoyaient leurs

épreuves : un luxe que nos éditeurs actuels devraient bien se donner, les auteurs d'aujourd'hui s'en trouveraient bien... Ce sera quelque pacotilleur du quai...

— Quel quai ? dit une dame à sa voisine. On parlait de bains...

— Continuez, dit madame de La Baudraye.

— En tout cas, ce n'est pas d'un Conseiller d'État, dit Bianchon.

— C'est peut-être de madame Hadot, dit Lousteau.

— Pourquoi fourrent-ils là-dedans madame Hadot de La Charité ? demanda la Présidente à son fils.

— Cette madame Hadot, ma chère Présidente, répondit la châtelaine, était une femme-auteur qui vivait sous le Consulat...

— Les femmes écrivaient donc sous l'Empereur ? demanda madame Popinot-Chandier.

— Et madame de Genlis, et madame de Staël ? fit le Procureur du Roi piqué pour Dinah de cette observation.

— Ah !

— Continuez, de grâce, dit madame La Baudraye à Lousteau.

Lousteau reprit la lecture en disant : — Page 218 !

mur avec une inquiète précipitation, et jeta un cri de désespoir quand il eut vainement cherché les traces de la serrure à secret. Il lui fut impossible de se refuser à reconnaître l'affreuse vérité. La porte, habilement construite pour servir les vengeances de la duchesse, ne pouvait pas s'ouvrir en dedans. Rinaldo colla sa joue à divers endroits, et ne sentit nulle part l'air chaud de la galerie. Il espérait rencontrer une fente qui lui indiquerait l'endroit où finissait le mur, mais, rien, rien !.. la paroi semblait être d'un seul bloc de marbre... Alors il lui échappe un sourd rugissement d'hyène...

— Hé ! bien, nous croyions avoir récemment inventé les cris de hyène ? dit Lousteau, la littérature de l'Empire les connaissait déjà, les mettait même en scène avec un certain talent d'histoire naturelle ; ce que prouve le mot *sourd*.

— Ne faites plus de réflexions, monsieur, dit madame de La Baudraye.

— Vous y voilà, s'écria Bianchon, l'*intérêt*, ce monstre romantique, vous a mis la main au collet comme à moi tout à l'heure.

— Lisez ! cria le Procureur du Roi, je comprends !

— Le fat ! dit le Président à l'oreille de son voisin le Sous-Préfet.

— Il veut flatter madame de La Baudraye, répondit le nouveau Sous-Préfet.

— Eh ! bien, je lis de suite, dit solennellement Lousteau.

On écouta le journaliste dans le plus profond silence.

Un gémissement profond répondit au cri de Rinaldo ; mais, dans son trouble, il le prit pour un écho, tant ce gémissement était faible et creux ! il ne pouvait pas sortir d'une poitrine humaine...

— Santa Maria ! dit l'inconnu.

— Si je quitte cette place, je ne saurai plus la retrouver ! pensa Rinaldo quand il reprit son sang-froid accoutumé. Frapper, je serai reconnu : que faire ?

— Qui donc est là ? demanda la voix.

— Hein ! dit le brigand, les crapauds parleraient-ils, ici ?

— Je suis le duc de Bracciano ! Qui que vous soyez, si vous n'appartenez pas à la duchesse, venez, au nom de tous les saints, venez à moi...

— Il faudrait savoir où tu es, monseigneur le duc, répondit Rinaldo avec l'impertinence d'un homme qui se voit nécessaire.

— Je te vois, mon ami, car mes yeux se sont accoutumés à l'obscurité. Écoute, marche droit.. bien... tourne à gauche... viens.. ici... Nous voilà réunis.

Rinaldo, mettant ses mains en avant par prudence, rencontra des barres de fer.

— On me trompe ! cria le bandit.

— Non, tu as touché ma cage... Assieds-toi sur un fût de porphyre qui est là.

— Comment le duc de Bracciano peut-il être dans une cage ? demanda le bandit.

— Mon ami, j'y suis, depuis trente mois, debout, sans avoir pu m'asseoir.. Mais qui es-tu, toi ?

— Je suis Rinaldo, le prince de la campagne, le chef de quatre-vingts braves que les lois nomment à tort des scélérats, que toutes les dames admirent et que les juges pendent par une vieille habitude.

— Dieu soit loué !... Je suis sauvé... Un honnête homme aurait eu peur ; tandis que je suis sûr de pouvoir très-bien m'entendre avec toi, s'écria le duc. O mon cher libérateur, tu dois être armé jusqu'aux dents.

— E verissimo !

— Aurais-tu des...

— Oui, des limes, des pinces... *Corpo di Bacco !* je venais emprunter indéfiniment les trésors des Bracciani.

— Tu en auras légitimement une bonne part, mon cher Rinaldo, et peut-être irai-je faire la chasse aux hommes en ta compagnie...

— Vous m'étonnez, Excellence !

— Écoute-moi, Rinaldo ! Je ne te parlerai pas du désir de vengeance qui me ronge le cœur : je suis là depuis trente mois — tu es Italien — tu me comprendras ! Ah ! mon ami, ma fatigue et mon épouvantable captivité ne sont rien en comparaison du mal qui me ronge le cœur. La duchesse de Bracciano est encore une des plus belles femmes de Rome, je l'aimais assez pour en être jaloux...

— Vous, son mari !...

— Oui, j'avais tort peut-être !

— Certes, cela ne se fait pas, dit Rinaldo.

— Ma jalousie fut excitée par la conduite de la duchesse, reprit le duc. L'événement a prouvé que j'avais raison. Un jeune Français aimait Olympia, il était aimé d'elle, j'eus des preuves de leur mutuelle affection...

— Mille pardons ! mesdames, dit Lousteau ; mais, voyez-vous, il m'est impossible de ne pas vous faire observer combien la littérature de l'Empire allait droit au fait sans aucun détail, ce qui me semble le caractère des temps primitifs. La littérature de cette époque tenait le milieu entre le sommaire des chapitres du *Télémaque* et les réquisitoires du Ministère public. Elle avait des idées, mais elle ne les exprimait pas, la dédaigneuse ! elle observait, mais elle ne faisait part de ses observations à personne, l'avare ! il n'y avait que Fouché qui fit part de ses observations à quelqu'un. *La littérature se contentait alors*, suivant l'expression d'un des plus niais critiques de la Revue des Deux-Mondes, *d'une assez pure esquisse et du contour bien net de toutes les figures à l'antique ; elle ne dansait pas sur les périodes !* Je le crois bien, elle n'avait pas de périodes, elle n'avait pas de mots à faire chatoyer ; elle vous disait Lubin aimait Toinette, Toinette n'aimait pas Lubin ; Lubin tua Toinette, et les gendarmes prirent Lubin qui fut mis en prison, mené à la Cour d'Assises et guillotiné. Forte esquisse, contour net ! Quel beau drame ! Eh ! bien, aujourd'hui, les barbares font chatoyer les mots.

— Et quelquefois les morts, dit monsieur de Clagny.

— Ah ! répliqua Lousteau, vous vous donnez de ces R !

— Que veut-il dire ? demanda madame de Clagny que ce calembour inquiéta.

— Il me semble que je marche dans un four, répondit la Mairesse.

— Sa plaisanterie perdrait à être expliquée, fit observer Gatien.

— Aujourd'hui, reprit Lousteau, les romanciers dessinent des caractères ; et au lieu du contour net, ils vous dévoilent le cœur humain, ils vous intéressent soit à Toinette, soit à Lubin.

— Moi, je suis effrayé de l'éducation du public en fait de littérature, dit Bianchon. Comme les Russes battus par Charles XII qui ont fini par savoir la guerre, le lecteur a fini par apprendre l'art. Jadis on ne demandait que de l'intérêt au roman ; quant au style, personne n'y tenait, pas même l'auteur ; quant à des idées, zéro ; quant à la couleur locale, néant. Insensiblement le lecteur a voulu du style, de l'intérêt, du pathétique,

des connaissances positives ; il a exigé les *cinq sens* littéraires :
l'invention, le style, la pensée, le savoir, le sentiment ; puis la
Critique est venue, brochant sur le tout. Le critique, incapable
d'inventer autre chose que des calomnies, a prétendu que toute
œuvre qui n'émanait pas d'un cerveau complet était boiteuse.
Quelques charlatans, comme Walter Scott, qui pouvaient réunir les cinq sens littéraires, s'étant alors montrés, ceux qui
n'avaient que de l'esprit, que du savoir, que du style ou que du
sentiment, ces éclopés, ces acéphales, ces manchots, ces borgnes
littéraires se sont mis à crier que tout était perdu, ils ont prêché
des croisades contre les gens qui gâtaient le métier, ou ils en ont
nié les œuvres.

— C'est l'histoire de vos dernières querelles littéraires, fit
observer Dinah.

— De grâce ! s'écria monsieur de Clagny, revenons au
duc de Bracciano.

Au grand désespoir de l'assemblée, Lousteau reprit la
lecture de la *bonne feuille*.

Alors je voulus m'assurer de mon malheur, afin de pouvoir me venger sous l'aile de la Providence et de la Loi. La
duchesse avait deviné mes projets. Nous nous combattions par
la pensée avant de nous combattre le poison à la main. Nous
voulions nous imposer mutuellement une confiance que nous
n'avions pas ; moi pour lui faire prendre un breuvage, elle pour
s'emparer de moi. Elle était femme, elle l'emporta ; car les
femmes ont un piége de plus que nous autres à tendre, et j'y
tombai : je fus heureux ; mais le lendemain matin je me réveil-
lai dans cette cage de fer. Je rugis pendant toute la journée dans
l'obscurité de cette cave, située sous la chambre à coucher de la
duchesse. Le soir, enlevé par un contre-poids habilement ména-
gé, je traversai les planchers et vis dans les bras de son amant la
duchesse qui me jeta un morceau de pain, ma pitance de tous
les soirs. Voilà ma vie depuis trente mois ! Dans cette prison de
marbre, mes cris ne peuvent parvenir à aucune oreille. Pas de
hasard pour moi. Je n'espérais plus ! En effet, la chambre de la
duchesse est au fond du palais, et ma voix, quand j'y monte,
ne peut être entendue de personne. Chaque fois que je vois ma

femme, elle me montre le poison que j'avais préparé pour elle et pour son amant ; je le demande pour moi, mais elle me refuse la mort, elle me donne du pain et je mange ! J'ai bien fait de manger, de vivre, j'avais compté sans les bandits !...

— Oui, Excellence, quand ces imbéciles d'honnêtes gens sont endormis, nous veillons, nous..

— Ah ! Rinaldo, tous mes trésors sont à toi, nous les partagerons en frères, et je voudrais te donner tout... jusqu'à mon duché...

— Excellence, obtenez-moi du pape une absolution *in articulo mortis*, cela me vaudra mieux pour faire mon état.

— Tout ce que tu voudras ; mais lime les barreaux de ma cage et prête-moi ton poignard... Nous n'avons guère de temps, va vite... Ah ! si mes dents étaient des limes... J'ai essayé de mâcher ce fer...

— Excellence, dit Rinaldo en écoutant les dernières paroles du duc, j'ai déjà scié un barreau.

— Tu es un dieu !

— Votre femme était à la fête de la princesse Villaviciosa ; elle est revenue avec son petit Français, elle est ivre d'amour, nous avons donc le temps.

— As-tu fini ?

— Oui...

— Ton poignard ? demanda vivement le duc au bandit.

— Le voici.

— Bien.

— J'entends le bruit du ressort.

— Ne m'oubliez pas ! dit le bandit qui se connaissait en reconnaissance.

— Pas plus que mon père, dit le duc.

— Adieu ! lui dit Rinaldo. Tiens, comme il s'envole ! ajouta le bandit en voyant disparaître le duc. *Pas plus que son père*, se dit-il, si c'est ainsi qu'il compte se souvenir de moi... Ah ! j'avais pourtant fait le serment de ne jamais nuire aux femmes...

Mais laissons, pour un moment, le bandit livré à ses réflexions, et montons comme le duc dans les appartements du palais.

— Encore une vignette, un Amour sur un colimaçon ! Puis la 230 est une page blanche, dit le journaliste. Voici deux autres pages blanches prises par ce titre, si délicieux à écrire quand on a l'heureux malheur de faire des romans : *Conclusion !*

Jamais la duchesse n'avait été si jolie ; elle sortit de son bain vêtue comme une déesse, et voyant Adolphe couché voluptueusement sur des piles de coussins :

— Tu es bien beau, lui dit-elle.

— Et toi, Olympia ?...

— Tu m'aimes toujours ?

— Toujours mieux, dit-il...

— Ah ! il n'y a que les Français qui sachent aimer ! s'écria la duchesse.. M'aimeras-tu bien ce soir ?

— Oui...

— Viens donc ?

Et, par un mouvement de haine et d'amour, soit que le cardinal Borborigano lui eût remis plus vivement au cœur son mari, soit qu'elle se sentit plus d'amour à lui montrer, elle fit partir le ressort, et tendit les bras à

— Voilà tout ! s'écria Lousteau, car le prote a déchiré le reste en enveloppant mon épreuve ; mais c'est bien assez pour nous prouver que l'auteur donnait des espérances.

— Je n'y comprends rien, dit Gatien Boirouge qui rompit le premier le silence que gardaient les Sancerrois.

— Ni moi non plus, répondit monsieur Gravier.

— C'est cependant un roman fait sous l'Empire, lui dit Lousteau.

— Ah ! dit monsieur Gravier, à la manière dont l'auteur fait parler le bandit, on voit qu'il ne connaissait pas l'Italie. Les bandits ne se permettent pas de pareils *concetti*.

Madame Gorju vint à Bianchon, qu'elle vit rêveur, et lui dit en lui montrant Euphémie Gorju, sa fille, douée d'une assez belle dot : — Quel galimatias ! Les ordonnances que vous écrivez valent mieux que ces choses-là.

La mairesse avait profondément médité cette phrase, qui, selon elle, annonçait un esprit fort.

— Ah ! madame, il faut être indulgent, car nous n'avons que vingt pages sur mille, répondit Bianchon en regardant mademoiselle Gorju dont la taille menaçait de tourner à la première grossesse.

— Eh ! bien, monsieur de Clagny, dit Lousteau, nous parlions hier des vengeances inventées par les maris, que dites-vous de celles qu'inventent les femmes ?

— Je pense, répondit le Procureur du Roi, que le roman n'est pas d'un Conseiller d'État, mais d'une femme. En conceptions bizarres, l'imagination des femmes va plus loin que celle des hommes, témoin le Frankenstein de mistriss Shelley, le Leone Leoni de George Sand, les œuvres d'Anne Radcliffe et le Nouveau Prométhée de Camille Maupin.

Dinah regarda fixement monsieur de Clagny en lui faisant comprendre, par une expression qui le glaça, que, malgré tant d'illustres exemples, elle prenait cette réflexion pour *Paquita la Sévillane*.

— Bah ! dit le petit La Baudraye, le duc de Bracciano que sa femme a mis en cage, et à qui elle se fait voir tous les soirs dans les bras de son amant, va la tuer... Vous appelez cela une vengeance ?... Nos tribunaux et la société sont bien plus cruels...

— En quoi ? fit Lousteau.

— Eh ! bien, voilà le petit La Baudraye qui parle, dit le Président Boirouge à sa femme.

— Mais on laisse vivre la femme avec une maigre pension, le monde lui tourne alors le dos ; elle n'a plus ni toilette ni considération, deux choses qui selon moi sont toute la femme, dit le petit vieillard.

— Mais elle a le bonheur, répondit fastueusement madame de La Baudraye.

— Non, répliqua l'avorton en allumant son bougeoir pour aller se coucher, car elle a un amant...

— Pour un homme qui ne pense qu'à ses provins et à ses baliveaux, il a du trait, dit Lousteau.

— Il faut bien qu'il ait quelque chose, répondit Bianchon.

Madame de La Baudraye, la seule qui pût entendre le mot de Bianchon, se mit à rire si finement et si amèrement à la fois, que le médecin devina le secret de la vie intime de la châtelaine dont les rides prématurées le préoccupaient depuis le matin. Mais Dinah ne devina point, elle, les sinistres prophéties que son mari venait de lui jeter dans un mot, et que feu le bon abbé Duret n'eût pas manqué de lui expliquer. Le petit La Baudraye avait surpris dans les jeux de Dinah, quand elle regardait le journaliste en lui rendant la balle de la plaisanterie, cette rapide et lumineuse tendresse qui dore le regard d'une femme à l'heure où la prudence cesse, où commence l'entraînement. Dinah ne prit pas plus garde à l'invitation que lui faisait ainsi son mari d'observer les convenances, que Lousteau ne prit pour lui les malicieux avis de Dinah le jour de son arrivée.

Tout autre que Bianchon se serait étonné du prompt succès de Lousteau ; mais il ne fut même point blessé de la préférence que Dinah donnait au Feuilleton sur la Faculté, tant il était médecin ! En effet, Dinah, grande elle-même, devait être plus accessible à l'esprit qu'à la grandeur. L'amour préfère ordinairement les contrastes aux similitudes. La franchise et la bonhomie du docteur, sa profession, tout le desservait. Voici pourquoi : les femmes qui veulent aimer, et Dinah voulait autant aimer qu'être aimée, ont une horreur instinctive pour les hommes voués à des occupations tyranniques ; elles sont, malgré leurs supériorités, toujours femmes en fait d'envahissement. Poète et feuilletoniste, le libertin Lousteau paré de sa misanthropie offrait ce clinquant d'âme et cette vie à demi oisive qui plaît aux femmes. Le bon sens carré, les regards perspicaces de l'homme vraiment supérieur gênaient Dinah, qui ne s'avouait pas à elle-même sa petitesse, elle se disait : — Le docteur vaut peut-être mieux que le journaliste, mais il me plaît moins. Puis, elle pensait aux devoirs de la profession et se demandait, si, une femme pouvait jamais être autre chose qu'un *sujet* aux yeux d'un médecin qui voit tant de *sujets* dans sa journée ! La première proposition de la pensée inscrite par Bianchon sur l'album, était le résultat d'une observation médicale qui tombait trop à plomb sur la femme, pour que Dinah n'en fût pas frap-

pée. Enfin Bianchon, à qui sa clientèle défendait un plus long
séjour, partait le lendemain. Quelle femme, à moins de recevoir
au cœur le trait mythologique de Cupidon, peut se décider en si
peu de temps ? Ces petites choses qui produisent les grandes catastrophes, une fois vues en masse par Bianchon, il dit en quatre
mots à Lousteau le singulier arrêt qu'il porta sur madame de La
Baudraye et qui causa la plus vive surprise au journaliste.

Pendant que les deux Parisiens chuchotaient, il s'élevait un
orage contre la châtelaine parmi les Sancerrois, qui ne comprenaient rien à la paraphrase ni aux commentaires de Lousteau.
Loin d'y voir le roman que le Procureur du Roi, le Sous-Préfet, le Président, le premier Substitut Lebas, monsieur de La
Baudraye et Dinah en avaient tiré, toutes les femmes groupées
autour de la table à thé n'y voyaient qu'une mystification, et
accusaient la muse de Sancerre d'y avoir trempé. Toutes s'attendaient à passer une soirée charmante, toutes avaient inutilement
tendu les facultés de leur esprit. Rien ne révolte plus les gens de
province que l'idée de servir de jouet aux gens de Paris.

Madame Piédefer quitta la table à thé pour venir dire à sa
fille : — Va donc parler à ces dames, elles sont très-choquées de
ta conduite.

Lousteau ne put s'empêcher de remarquer alors l'évidente
supériorité de Dinah sur l'élite des femmes de Sancerre : elle
était la mieux mise, ses mouvements étaient pleins de grâce,
son teint prenait une délicieuse blancheur aux lumières, elle se
détachait enfin sur cette tapisserie de vieilles faces, de jeunes
filles mal habillées, à tournures timides, comme une reine au
milieu de sa cour. Les images parisiennes s'effaçaient, Lousteau
se faisait à la vie de province ; et, s'il avait trop d'imagination
pour ne pas être impressionné par les magnificences royales de
ce château, par ses sculptures exquises, par les antiques beautés
de l'intérieur, il avait aussi trop de savoir pour ignorer la valeur
du mobilier qui enrichissait ce joyau de la Renaissance. Aussi
lorsque les Sancerrois se furent retirés un à un reconduits par
Dinah, car ils avaient tous pour une heure de chemin ; quand il
n'y eut plus au salon que le Procureur du Roi, monsieur Lebas,

Gatien et monsieur Gravier qui couchaient à Anzy, le journaliste avait-il déjà changé d'opinion sur Dinah. Sa pensée accomplissait cette évolution que madame de La Baudraye avait eu l'audace de lui signaler à leur première rencontre.

— Ah ! comme ils vont en dire contre nous pendant le chemin, s'écria la châtelaine en rentrant au salon après avoir mis en voiture le Président, la Présidente, madame et mademoiselle Popinot-Chandier.

Le reste de la soirée eut son côté réjouissant ; car en petit comité, chacun versa dans la conversation son contingent d'épigrammes sur les diverses figures que les Sancerrois avaient faites pendant les commentaires de Lousteau sur l'enveloppe de ses épreuves.

— Mon cher, dit en se couchant Bianchon à Lousteau (on les avait mis ensemble dans une immense chambre à deux lits), tu seras l'heureux mortel choisi par cette femme, née Piédefer !

— Tu crois ?

— Eh ! cela s'explique : tu passes ici pour avoir en beaucoup d'aventures à Paris, et, pour les femmes, il y a dans un homme à bonnes fortunes je ne sais quoi d'irritant qui les attire et le leur rend agréable ; est-ce la vanité de faire triompher leurs souvenirs entre tous les autres ? s'adressent-elles à son expérience, comme un malade surpaye un célèbre médecin ? ou bien sont-elles flattées d'éveiller un cœur blasé ?

— Les sens et la vanité sont pour tant de chose dans l'amour, que toutes ces suppositions peuvent être vraies, répondit Lousteau. Mais si je reste c'est à cause du certificat d'innocence instruite que tu donnes à Dinah ! Elle est belle, n'est-ce pas ?

— Elle deviendra charmante en aimant, dit le médecin. Puis, après tout, ce sera un jour ou l'autre une riche veuve ! Et un enfant lui vaudrait la jouissance de la fortune du sire de La Baudraye...

— Mais c'est une bonne action que de l'aimer, cette femme, s'écria Lousteau.

— Une fois mère, elle reprendra de l'embonpoint, les rides s'effaceront, elle paraîtra n'avoir que vingt ans...

— Eh ! bien, fit Lousteau en se roulant dans ses draps, si tu veux m'aider, demain, oui, demain, je... Enfin, bonsoir.

Le lendemain, madame de La Baudraye, à qui depuis six mois son mari avait donné des chevaux dont il se servait pour ses labours et une vieille calèche qui sonnait la ferraille, eut l'idée de reconduire Bianchon jusqu'à Cosne où il devait aller prendre la diligence de Lyon à son passage. Elle emmena sa mère et Lousteau ; mais elle se proposa de laisser sa mère à La Baudraye, de se rendre à Cosne avec les deux Parisiens et d'en revenir seule avec Étienne. Elle fit une charmante toilette que lorgna le journaliste : brodequins bronzés, bas de soie gris, une robe d'organdi, une mantille de dentelle noire et une charmante capote de gaze noire, ornée de fleurs. Quant à Lousteau, le drôle s'était mis sur le pied de guerre : bottes vernies, pantalon d'étoffe anglaise plissé par-devant, un gilet très-ouvert qui laissait voir une chemise extrafine, et les cascades de satin noir broché de sa plus belle cravate, une redingote noire, très-courte et très-légère.

Le Procureur du Roi et monsieur Gravier se regardèrent assez singulièrement quand ils virent les deux Parisiens dans la calèche, et eux comme deux niais au bas du perron. Monsieur de La Baudraye, qui du haut de la dernière marche faisait au docteur un petit salut de sa petite main, ne put s'empêcher de sourire en entendant monsieur de Clagny disant à monsieur Gravier : — Vous auriez dû les accompagner à cheval.

En ce moment Gatien, monté sur la tranquille jument de monsieur de La Baudraye, déboucha par l'allée qui conduisait aux écuries et rejoignit la calèche.

— Ah ! bon, dit le Receveur des contributions, l'enfant s'est mis de planton.

— Quel ennui, s'écria Dinah en voyant Gatien. En treize ans, car voici bientôt treize ans que je suis mariée, je ne n'ai pas eu trois heures de liberté...

— Mariée, madame ? dit le journaliste en souriant. Vous me rappelez un mot de feu Michaud qui en a tant dit de si fins. Il partait pour la Palestine, et ses amis lui faisaient des représentations sur son âge, sur les dangers d'une pareille excursion. Enfin, lui dit l'un d'eux, vous êtes marié ? — Oh ! répondit-il, je le suis si peu !

La sévère madame Piédefer ne put s'empêcher de sourire.

— Je ne serais pas étonnée de voir monsieur de Clagny monté sur mon poney venir compléter l'escorte, s'écria Dinah.

— Oh ! si le Procureur du Roi ne nous rejoint pas, dit Lousteau, vous pourrez vous débarrasser de ce petit jeune homme en arrivant à Sancerre. Bianchon aura nécessairement oublié quelque chose sur sa table, comme le manuscrit de sa première leçon pour son Cours, et vous prierez Gatien d'aller le chercher à Anzy.

Cette ruse, quoique simple, mit madame de La Baudraye en belle humeur. La roule d'Anzy à Sancerre, d'où se découvre par échappées de magnifiques paysages, d'où souvent la superbe nappe de la Loire produit l'effet d'un lac, se fit gaiement, car Dinah était heureuse d'être si bien comprise. On parla d'amour en théorie, ce qui permet aux amants *in petto* de prendre en quelque sorte mesure de leurs cœurs. Le journaliste se mit sur un ton d'élégante corruption pour prouver que l'amour n'obéissait à aucune loi, que le caractère des amants en variait les accidents à l'infini, que les événements de la vie sociale augmentaient encore la variété des phénomènes, que tout était possible et vrai dans ce sentiment, que telle femme après avoir résisté pendant long-temps à toutes les séductions et à des passions vraies, pouvait succomber en quelques heures à une pensée, à un ouragan intérieur dans le secret desquels il n'y avait que Dieu !

— Eh ! n'est-ce pas là le mot de toutes les aventures que nous nous sommes racontées depuis trois jours, dit-il.

Depuis trois jours l'imagination si vive de Dinah était occupée des romans les plus insidieux, et la conversation des deux Parisiens avait agi sur cette femme à la manière des livres les plus dangereux. Lousteau suivait de l'œil les effets de cette habile manœuvre pour saisir le moment où cette proie, dont la bonne volonté se cachait sous la rêverie que donne l'irrésolution, serait entièrement étourdie. Dinah voulut montrer La Baudraye aux deux Parisiens, et l'on y joua la comédie convenue du manuscrit oublié par Bianchon dans sa chambre d'Anzy. Gatien partit au grand galop à l'ordre de sa souveraine, madame Piédefer alla faire des emplettes à Sancerre, et Dinah seule avec les deux amis prit le chemin de Cosne.

Lousteau se mit près de la châtelaine et Bianchon se plaça sur le devant de la voiture. La conversation des deux amis fut affectueuse et pleine de pitié pour le sort de cette âme d'élite si peu comprise, et surtout si mal entourée. Bianchon servit admirablement le journaliste en se moquant du Procureur du Roi, du Receveur des contributions et de Gatien ; il y eut je ne sais quoi de si méprisant dans ses observations que madame de La Baudraye n'osa pas défendre ses adorateurs.

— Je m'explique parfaitement, dit le médecin en traversant la Loire, l'état où vous êtes restée. Vous ne pouviez être accessible qu'à l'amour de tête qui souvent mène à l'amour de cœur, et certes aucun de ces hommes-là n'est capable de déguiser ce que les sens ont d'odieux dans les premiers jours de la vie aux yeux d'une femme délicate. Aujourd'hui, pour vous, aimer devient une nécessité.

— Une nécessité ! s'écria Dinah qui regarda le médecin avec curiosité. Dois-je donc aimer par ordonnance ?

— Si vous continuez à vivre comme vous vivez, dans trois ans vous serez affreuse, répondit Bianchon d'un ton magistral.

— Monsieur ?... dit madame de La Baudraye presque effrayée.

— Excusez mon ami, dit Lousteau d'un air plaisant à la baronne, il est toujours médecin, et l'amour n'est pour lui qu'une question d'hygiène. Mais il n'est pas égoïste, il ne s'occupe évidemment que de vous, puisqu'il s'en va dans une heure...

A Cosne, il s'attroupa beaucoup de monde autour de la vieille calèche repeinte sur les panneaux de laquelle se voyaient les armes données par Louis XIV aux néo-La Baudraye : *de gueules à une balance d'or, au chef cousu d'azur chargé de trois croisettes recroisettées d'argent ; pour support, deux lévriers d'argent colletés d'azur et enchaînés d'or.* Cette ironique devise : *Deo sic patet fides et hominibus,* avait été infligée au calviniste converti par le satirique d'Hozier.

— Sortons, on viendra nous avertir, dit la baronne qui mit son cocher en vedette.

Dinah prit le bras de Bianchon, et le médecin alla se promener sur le bord de la Loire d'un pas si rapide que le journaliste dut rester en arrière. Un seul clignement d'yeux avait suffi au docteur pour faire comprendre à Lousteau qu'il voulait le servir.

— Étienne vous a plu, dit Bianchon à Dinah, il a parlé vivement à votre imagination, nous nous sommes entretenus de vous hier au soir, et il vous aime... Mais c'est un homme léger, difficile à fixer, sa pauvreté le condamne à vivre à Paris, tandis que tout vous ordonne de vivre à Sancerre... Voyez la vie d'un peu haut ?... faites de Lousteau votre ami, ne soyez pas exigeante, il viendra trois fois par an passer quelques beaux jours près de vous, et vous lui devrez la beauté, le bonheur et la fortune. Monsieur de La Baudraye peut vivre cent ans, mais il peut aussi périr en neuf jours, faute d'avoir mis le suaire de flanelle dont il s'enveloppe ; ne compromettez donc rien. Soyez sages tous deux. Ne me dites pas un mot. J'ai lu dans votre cœur.

Madame de La Baudraye était sans défense devant des affirmations si précises et devant un homme qui se posait à la fois en médecin, en confesseur et en confident.

— Eh ! comment, dit-elle, pouvez-vous imaginer qu'une femme puisse se mettre en concurrence avec les maîtresses d'un journaliste... Monsieur Lousteau me parait agréable, spirituel, mais il est blasé, etc., etc...

Dinah revint sur ses pas et fut obligée d'arrêter le flux de paroles sous lequel elle voulait cacher ses intentions ; car Étienne, qui paraissait occupé des progrès de Cosne, venait au-devant d'eux.

— Croyez-moi, lui dit Bianchon, il a besoin d'être aimé sérieusement, et s'il change d'existence, son talent y gagnera.

Le cocher de Dinah accourut essoufflé pour annoncer l'arrivée de la diligence, et l'on hâta le pas. Madame de La Baudraye allait entre les deux Parisiens.

— Adieu, mes enfants, dit Bianchon avant d'entrer dans Cosne, je vous bénis...

Il quitta le bras de madame de La Baudraye en le laissant prendre à Lousteau qui le serra sur son cœur avec une expression de tendresse. Quelle différence pour Dinah ! le bras d'Étienne lui causa la plus vive émotion quand celui de Bianchon ne lui avait rien fait éprouver. Il y eut alors entre elle et le journaliste un de ces regards rouges qui sont plus que des aveux.

— Il n'y a plus que les femmes de province qui portent des robes d'organdi, la seule étoffe dont le chiffonnage ne peut pas s'effacer, se dit alors en lui-même Lousteau. Cette femme, qui m'a choisi pour amant, va faire des façons à cause de sa robe. Si elle avait mis une robe de foulard, je serais heureux... A quoi tiennent les résistances..

Pendant que Lousteau recherchait si madame de La Baudraye avait eu l'intention de s'imposer à elle-même une barrière infranchissable en choisissant une robe d'organdi, Bianchon, aidé par le cocher, faisait charger son bagage sur la diligence. Enfin il vint saluer Dinah qui parut excessivement affectueuse pour lui.

— Retournez, madame la baronne, laissez-moi... Gatien va venir, lui dit-il à l'oreille. Il est tard, reprit-il à haute voix... Adieu !

— Adieu, grand homme ! s'écria Lousteau en donnant une poignée de main à Bianchon.

Quand le journaliste et madame de La Baudraye, assis l'un près de l'autre au fond de cette vieille calèche, repassèrent la Loire, ils hésitèrent tous deux à parler. Dans cette situation, la parole par laquelle on rompt le silence possède une effrayante portée.

— Savez-vous combien je vous aime ? dit alors le journaliste à brûle-pourpoint.

La victoire pouvait flatter Lousteau, mais la défaite ne lui causait aucun chagrin. Cette indifférence fut le secret de son audace. Il prit la main de madame de La Baudraye en lui disant ces paroles si nettes, et la serra dans ses deux mains ; mais Dinah dégagea doucement sa main.

— Oui, je vaux bien une grisette ou une actrice, dit-elle d'une voix émue tout en plaisantant ; mais croyez-vous qu'une femme qui, malgré ses ridicules, a quelque intelligence, ait réservé les plus beaux trésors du cœur pour un homme qui ne peut voir en elle qu'un plaisir passager... Je ne suis pas surprise d'entendre de votre bouche un mot que tant de gens m'ont déjà dit... mais...

Le cocher se retourna. — Voici monsieur Gatien... dit-il.

— Je vous aime, je vous veux, et vous serez à moi, car je n'ai jamais senti pour aucune femme ce que vous m'inspirez ! cria Lousteau dans l'oreille de Dinah.

— Malgré moi, peut-être ? répliqua-t-elle en souriant.

— Au moins faut-il pour mon honneur que vous ayez l'air d'avoir été vivement attaquée, dit le Parisien à qui la funeste propriété de l'organdi suggéra une idée bouffonne.

Avant que Gatien eût atteint le bout du pont, l'audacieux journaliste chiffonna si lestement la robe d'organdi, que madame de La Baudraye se vit dans un état à ne pas se montrer.

— Ah ! monsieur !... s'écria majestueusement Dinah.

— Vous m'avez défié, répondit-il.

Mais Gatien arrivait avec la célérité d'un amant dupé. Pour regagner un peu de l'estime de madame de La Baudraye, Lousteau s'efforça de dérober la vue de la robe froissée à Gatien en se jetant pour lui parler hors de la voiture du côté de Dinah.

— Courez à notre auberge, lui dit-il, il en est temps encore, la diligence ne part que dans une demi-heure, le manuscrit est sur la table de la chambre occupée par Bianchon, il y tient, car il ne saurait comment faire son Cours.

— Allez donc, Gatien, dit madame de La Baudraye en regardant son jeune adorateur avec une expression pleine de despotisme.

L'enfant, commandé par cette insistance, rebroussa, courant à bride abattue.

— Vite à La Baudraye, cria Lousteau au cocher, madame la baronne est souffrante... Votre mère sera seule dans le secret de ma ruse, dit-il en se rasseyant auprès de Dinah.

— Vous appelez cette infamie une ruse ? dit madame de La Baudraye en réprimant quelques larmes qui furent séchées au feu de l'orgueil irrité.

Elle s'appuya dans le coin de la calèche, se croisa les bras sur la poitrine et regarda la Loire, la campagne, tout, excepté Lousteau. Le journaliste prit alors un ton caressant et parla jusqu'à La Baudraye où Dinah se sauva de la calèche chez elle en tâchant de n'être vue de personne. Dans son trouble, elle se précipita sur un sofa pour y pleurer.

— Si je suis pour vous un objet d'horreur, de haine ou de mépris, eh ! bien, je pars, dit alors Lousteau qui l'avait suivie.

Et le roué se mit aux pieds de Dinah. Ce fut dans cette crise que madame Piédefer se montra disant à sa fille : — Eh ! bien, qu'as-tu ? que se passe-t-il ?

— Donnez promptement une autre robe à votre fille, dit l'audacieux Parisien à l'oreille de la dévote.

En entendant le galop furieux du cheval de Gatien, madame de La Baudraye se jeta dans sa chambre où la suivit sa mère.

— Il n'y a rien à l'auberge, dit Gatien à Lousteau qui vint à sa rencontre.

— Et vous n'avez rien trouvé non plus au château d'Anzy, répondit Lousteau.

— Vous vous êtes moqués de moi, répliqua Gatien d'un petit ton sec.

— En plein, répondit Lousteau. Madame de La Baudraye a trouvé très-inconvenant que vous la suiviez sans en être prié. Croyez-moi, c'est un mauvais moyen pour séduire les femmes que de les ennuyer. Dinah vous a mystifié, vous l'avez fait rire, c'est un succès qu'aucun de vous n'a eu depuis treize ans auprès d'elle, et que vous devez à Bianchon. Oui, votre cousin est *l'auteur du manuscrit !...* Le cheval en reviendra-t-il ? demanda Lousteau plaisamment pendant que Gatien se demandait s'il devait ou non se fâcher.

— Le cheval !... répéta Gatien.

En ce moment madame de La Baudraye arriva, vêtue d'une robe de velours, et accompagnée de sa mère qui lançait à Lousteau des regards irrités. Devant Gatien, il était imprudent à Dinah de paraître froide ou sévère avec Lousteau qui, profitant de cette circonstance, offrit son bras à cette fausse Lucrèce ; mais elle le refusa.

— Voulez-vous renvoyer un homme qui vous a voué sa vie ? lui dit-il en marchant près d'elle, je vais rester à Sancerre et partir demain.

— Viens-tu, ma mère ? dit madame de La Baudraye à madame Piédefer en évitant ainsi de répondre à l'argument direct par lequel Lousteau la forçait à prendre un parti.

Le Parisien aida la mère à monter en voiture, il aida madame de La Baudraye en la prenant doucement par le bras, et il se plaça sur le devant avec Gatien, qui laissa le cheval à La Baudraye.

— Vous avez changé de robe, dit maladroitement Gatien à Dinah.

— Madame la baronne a été saisie par l'air frais de la Loire, répondit Lousteau, Bianchon lui a conseillé de se vêtir chaudement.

Dinah devint rouge comme un coquelicot, et madame Piédefer prit un visage sévère.

— Pauvre Bianchon, il est sur la route de Paris, quel noble cœur ! dit Lousteau.

— Oh ! oui, répondit madame de La Baudraye, il est grand et délicat, celui-là...

— Nous étions si gais en partant, dit Lousteau, vous voilà souffrante, et vous me parlez avec amertume, et pourquoi ?... N'êtes-vous donc pas accoutumée à vous entendre dire que vous êtes belle et spirituelle ? moi, je le déclare devant Gatien, je renonce à Paris, je vais rester à Sancerre et grossir le nombre

de vos cavaliers-servants. Je me suis senti si jeune dans mon pays
natal, j'ai déjà oublié Paris et ses corruptions, et ses ennuis, et
ses fatigants plaisirs... Oui, ma vie me semble comme purifiée...

Dinah laissa parler Lousteau sans le regarder ; mais il y
eut un moment où l'improvisation de ce serpent devint si spirituelle sous l'effort qu'il fit pour singer la passion par des phrases
et par des idées dont le sens, caché pour Gatien, éclatait dans
le cœur de Dinah, qu'elle leva les yeux sur lui. Ce regard parut
combler de joie Lousteau qui redoubla de verve et fit enfin rire
madame de La Baudraye. Lorsque, dans une situation où son
orgueil est blessé si cruellement, une femme a ri, tout est compromis. Quand on entra dans l'immense cour sablée et ornée
de son boulingrin à corbeilles de fleurs qui fait si bien valoir la
façade d'Anzy, le journaliste disait : — Lorsque les femmes nous
aiment, elles nous pardonnent tout, même nos crimes ; lorsqu'elles ne nous aiment pas, elles ne nous pardonnent rien, pas
même nos vertus ! Me pardonnez-vous ? ajouta-t-il à l'oreille de
madame de La Baudraye en lui serrant le bras sur son cœur par
un geste plein de tendresse. Dinah ne put s'empêcher de sourire.

Pendant le dîner et pendant le reste de la soirée, Lousteau
fut d'une gaieté, d'un entrain charmant ; mais, tout en peignant
ainsi son ivresse, il se livrait par moments à la rêverie en homme
qui paraissait absorbé par son bonheur. Après le café, madame
de La Baudraye et sa mère laissèrent les hommes se promener
dans les jardins. Monsieur Gravier dit alors au Procureur du
Roi : — Avez-vous remarqué que madame de La Baudraye,
qui est partie en robe d'organdi, nous est revenue en robe de
velours ?

— En montant en voiture à Cosne, la robe s'est accrochée
à un bouton de cuivre de la calèche et s'est déchirée du haut en
bas, répondit Lousteau.

— Oh ! fit Gatien percé au cœur par la cruelle différence
des deux explications du journaliste.

Lousteau, qui comptait sur cette surprise de Gatien, le prit
par le bras et le lui serra pour lui demander le silence. Quelques
moments après, Lousteau laissa les trois adorateurs de Dinah

seuls, en s'emparant du petit La Baudraye. Gatien fut alors interrogé sur les événements du voyage. Monsieur Gravier et monsieur de Clagny furent stupéfaits d'apprendre que Dinah s'était trouvée seule au retour de Cosne avec Lousteau ; mais plus stupéfaits encore des deux versions du Parisien sur le changement de robe. Aussi l'attitude de ces trois hommes déconfits fut-elle très-embarrassée pendant la soirée. Le lendemain matin, chacun d'eux eut des affaires qui l'obligeaient à quitter Anzy, où Dinah resta seule avec sa mère, son mari et Lousteau.

Le dépit des trois Sancerrois organisa dans la ville une grande clameur. La chute de la Muse du Berry, du Nivernais et du Morvan fut accompagnée d'un vrai charivari de médisances, de calomnies et de conjectures diverses parmi lesquelles figurait en première ligne l'histoire de la robe d'organdi. Jamais toilette de Dinah n'eut autant de succès, et n'éveilla plus l'attention des jeunes personnes qui ne s'expliquaient point les rapports entre l'amour et l'organdi dont riaient tant les femmes mariées. La Présidente Boirouge, furieuse de la mésaventure de son Gatien, oublia les éloges qu'elle avait prodigués au poème de Paquita la Sévillane ; elle fulmina des censures horribles contre une femme capable de publier une pareille infamie.

— La malheureuse fait ce qu'elle a écrit ! disait-elle. Peut-être finira-t-elle comme son héroïne !

Il en fut de Dinah dans le Sancerrois comme du maréchal Soult dans les journaux de l'opposition : tant qu'il est ministre, il a perdu la bataille de Toulouse ; dès qu'il rentre dans le repos, il l'a gagnée ! Vertueuse, Dinah passait pour la rivale des Camille Maupin, des femmes les plus illustres ; mais heureuse, elle était *une malheureuse*.

Monsieur de Clagny défendit courageusement Dinah, il vint à plusieurs reprises au château d'Anzy pour avoir le droit de démentir le bruit qui courait sur celle qu'il adorait toujours, même tombée, et il soutint qu'il s'agissait entre elle et Lousteau d'une collaboration à un grand ouvrage. On se moqua du Procureur du Roi.

Le mois d'octobre fut ravissant, l'automne est la plus belle saison des vallées de la Loire ; mais en 1836 il fut particulièrement magnifique. La nature semblait être la complice du bonheur de Dinah, qui, selon les prédictions de Bianchon, arriva par degrés à un violent amour de cœur. En un mois, la châtelaine changea complètement. Elle fut étonnée de retrouver tant de facultés inertes, endormies, inutiles jusqu'alors. Lousteau fut un ange pour elle, car l'amour de cœur, ce besoin réel des âmes grandes, faisait d'elle une femme entièrement nouvelle. Dinah vivait ! elle trouvait l'emploi de ses forces, elle découvrait des perspectives inattendues dans son avenir, elle était heureuse enfin, heureuse sans soucis, sans entraves. Cet immense château, les jardins, le parc, la forêt étaient si favorables à l'amour ! Lousteau rencontra chez madame de La Baudraye une naïveté d'impression, une innocence, si vous voulez, qui la rendit originale : il y eut en elle du piquant, de l'imprévu beaucoup plus que chez une jeune fille. Lousteau fut sensible à une flatterie qui chez presque toutes les femmes est une comédie ; mais qui chez Dinah fut vraie : elle apprenait de lui l'amour, il était bien le premier dans ce cœur. Enfin, il se donna la peine d'être excessivement aimable. Les hommes ont, comme les femmes d'ailleurs, un répertoire de récitatifs, de cantilènes, de nocturnes, de motifs, de rentrées (faut-il dire de recettes, quoiqu'il s'agisse d'amour ?), qu'ils croient leur exclusive propriété. Les gens arrivés à l'âge de Lousteau tâchent de distribuer habilement les pièces de ce trésor dans l'opéra d'une passion ; mais, en ne voyant qu'une bonne fortune dans son aventure avec Dinah, le Parisien voulut graver son souvenir en traits ineffaçables sur ce cœur, et il prodigua durant ce beau mois d'octobre ses plus coquettes mélodies et ses plus savantes barcaroles. Enfin, il épuisa les ressources de la mise en scène de l'amour, pour se servir d'une de ces expressions détournées de l'argot du théâtre et qui rend admirablement bien ce manège.

— Si cette femme-là m'oublie !... se disait-il parfois en revenant avec elle au château d'une longue promenade dans les bois, je ne lui en voudrai pas, elle aura trouvé mieux !...

Quand, de part et d'autre, deux êtres ont échangé les duos de cette délicieuse partition et qu'ils se plaisent encore, on peut dire qu'ils s'aiment véritablement. Mais Lousteau ne pouvait pas avoir le temps de se répéter, car il comptait quitter Anzy vers les premiers jours de novembre, son feuilleton le rappelait à Paris. Avant déjeuner, la veille du départ projeté, le journaliste et Dinah virent arriver le petit La Baudraye avec un artiste de Nevers, un restaurateur de sculptures.

— De quoi s'agit-il ? dit Lousteau, que voulez-vous faire à votre château ?

— Voici ce que je veux, répondit le petit vieillard en emmenant le journaliste, sa femme et l'artiste de province sur la terrasse.

Il montra sur la façade, au-dessus de la porte d'entrée, un précieux cartouche soutenu par deux sirènes, assez semblable à celui qui décore l'arcade actuellement condamnée par où l'on allait jadis du quai des Tuileries dans la cour du vieux Louvre, et au-dessus de laquelle on lit : *Bibliothèque du cabinet du Roi*. Ce cartouche offrait le vieil écusson des d'Uxelles qui *portent d'or et de gueules, à la fasce de l'un à l'autre, avec deux lions de gueules à dextre et d'or à senestre pour supports ; l'écu timbré du casque de chevalier, lambrequiné des émaux de l'écu et sommé de la couronne ducale.* Puis pour devise : *Cy paroist !* parole fière et sonnante.

— Je veux remplacer les armes de la maison d'Uxelles par les miennes ; et comme elles se trouvent répétées six fois dans les deux façades et dans les deux ailes, ce n'est pas une petite affaire.

— Vos armes d'hier ! s'écria Dinah, et après 1830 !...

— N'ai-je pas constitué un majorat ?

— Je concevrais cela si vous aviez des enfants, lui dit le journaliste.

— Oh ! répondit le petit vieillard, madame de La Baudraye est encore jeune, il n'y a pas encore de temps perdu.

Cette fatuité fit sourire Lousteau qui ne comprit pas monsieur de La Baudraye.

— Hé ! bien, *Didine*, dit-il à l'oreille de madame de La Baudraye, à quoi bon tes remords ?

Dinah plaida pour obtenir un jour de plus, et les deux amants se firent leurs adieux à la manière de ces théâtres qui donnent dix fois de suite la dernière représentation d'une pièce à recettes. Mais combien de promesses échangées ! combien de pactes solennels exigés par Dinah et conclus sans difficultés par l'impudent journaliste ! Avec la supériorité d'une femme supérieure, Dinah conduisit, au vu et au su de tout le pays, Lousteau jusqu'à Cosne, en compagnie de sa mère et du petit La Baudraye.

Quand, dix jours après, madame de La Baudraye eut dans son salon à La Baudraye messieurs de Clagny, Gatien et Gravier, elle trouva moyen de dire audacieusement à chacun d'eux : — Je dois à monsieur Lousteau d'avoir su que je n'étais pas aimée pour moi-même.

Et quelles belles tartines elle débita sur les hommes, sur la nature de leurs sentiments, sur le but de leur vil amour, etc. Des trois amants de Dinah, monsieur de Clagny, seul, lui dit : — je vous aime *quand même !*... aussi Dinah le prit-elle pour confident et lui prodigua-t-elle toutes les douceurs d'amitié que les femmes confient pour les Gurth qui portent ainsi le collier d'un esclavage adoré.

De retour à Paris, Lousteau perdit en quelques semaines le souvenir des beaux jours passés au château d'Anzy. Voici pourquoi. Lousteau vivait de sa plume. Dans ce siècle, et surtout depuis le triomphe d'une bourgeoisie qui se garde bien d'imiter François Ier ou Louis XIV, vivre de sa plume est un travail auquel se refuseraient les forçats, ils préféreraient la mort. Vivre de sa plume, n'est-ce pas créer : créer aujourd'hui, demain, toujours... Ou avoir l'air de créer ; or le semblant coûte aussi cher que le réel ! outre son feuilleton dans un journal quotidien qui ressemblait au rocher de Sisyphe et qui tombait tous les lundis sur la barbe de sa plume, Étienne travaillait à trois ou quatre journaux littéraires. Mais, rassurez-vous ? il ne mettait aucune conscience d'artiste à ses productions. Le Sancerrois appartenait, par sa facilité, par son insouciance, si vous voulez, à ce groupe d'écrivains appelés du nom de *bons enfants*. En littérature, à Paris, de nos jours, la bonhomie est une démission donnée de toutes prétentions à une place quelconque. Lorsqu'il ne peut plus ou qu'il ne veut plus rien être, un écrivain se fait journaliste et bon enfant. On mène alors une vie assez agréable. Les débutants, les bas bleus, les actrices qui commencent et celles qui finissent leur carrière, auteurs et libraires caressent ou choyent ces plumes à tout faire. Lousteau, devenu viveur, n'avait plus guère que son loyer à payer en fait de dépenses. Il avait des loges à tous les théâtres. La vente des livres dont il rendait ou ne rendait pas compte soldait son gantier ; aussi disait-il à ces auteurs qui s'impriment à leurs frais : — J'ai toujours votre livre dans les mains. Il percevait sur les amours-propres des redevances en dessins, en tableaux. Tous ses jours étaient pris par des dîners, ses soirées par le théâtre, la matinée par les amis, par des visites, par la flânerie. Son feuilleton, ses articles, et les deux nouvelles qu'il écrivait par an pour les journaux hebdomadaires, étaient l'impôt frappé sur cette vie heureuse. Étienne avait cependant combattu pendant dix ans pour arriver à cette position. Enfin connu de toute la littérature, aimé pour le bien comme pour le mal qu'il commettait avec une irréprochable bonhomie, il se laissait aller en dérive, insouciant de l'avenir. Il régnait au milieu d'une coterie de nouveaux venus, il avait des amitiés, c'est-à-dire des habitudes qui duraient depuis quinze ans, des gens avec lesquels il soupait, il dînait, et se livrait à ses plaisanteries. Il gagnait environ sept à huit cents francs par mois, somme que la prodigalité particulière aux pauvres rendait insuffisante. Aussi Lousteau se trouvait il alors aussi misérable qu'à son début à Paris quand il se disait : — Si j'avais cinq cents francs par mois, je serais bien riche ! Voici la raison de ce phénomène.

Lousteau demeurait rue des Martyrs, dans un joli petit rez-de-chaussée à jardin, meublé magnifiquement. Lors de son installation, en 1833, il avait fait avec un tapissier un arrangement qui rogna son bien-être pendant long-temps. Cet appartement coûtait douze cents francs de loyer. Or les mois de janvier, d'avril, de juillet et d'octobre étaient, selon son mot, des mois indigents. Le loyer et les notes du portier faisaient rafle. Lousteau n'en prenait pas moins des cabriolets, n'en dépensait pas moins une centaine de francs en déjeuners ; il fumait pour trente francs de cigares, et ne savait refuser ni un dîner, ni une robe à ses maîtresses de hasard. Il anticipait alors si bien sur le produit toujours incertain des mois suivants, qu'il ne pouvait pas plus se voir cent francs sur sa cheminée, en gagnant sept à huit cents francs par mois, que quand il en gagnait à peine deux cents en 1822.

Fatigué parfois de ces tournoiements de la vie littéraire, ennuyé du plaisir comme l'est une courtisane, Lousteau quittait le courant, il s'asseyait parfois sur le penchant de la berge, et disait à certains de ses intimes, à Nathan, à Bixiou, tout en fumant un cigare au fond de son jardinet, devant un gazon toujours vert, grand comme une table à manger : — Comment finirons-nous ? Les cheveux blancs nous font leurs sommations respectueuses !...

— Bah ! nous nous marierons, quand nous voudrons nous occuper de notre mariage, autant que nous nous occupons d'un drame ou d'un livre, disait Nathan.

— Et Florine ? répondait Bixiou.

— Nous avons tous une Florine, disait Étienne en jetant son bout de cigare sur le gazon et pensant à madame Schontz.

Madame Schontz était une femme assez jolie pour pouvoir vendre très cher l'usufruit de sa beauté, tout en en conservant la nue propriété à Lousteau, son ami de cœur. Comme toutes ces femmes qui, du nom de l'église autour de laquelle elles se sont groupées, ont été nommées *Lorettes*, elle demeurait rue Fléchier, à deux pas de Lousteau. Cette Lorette trouvait une jouissance d'amour-propre à narguer ses amies en se disant aimée par un homme d'esprit. Ces détails sur la vie et les finances de Lousteau sont nécessaires ; car cette pénurie et cette existence de Bohémien à qui le luxe parisien était indispensable, devaient cruellement influer sur l'avenir de Dinah.

Ceux à qui la Bohême de Paris est connue comprendront alors comment, au bout de quinze jours, le journaliste, replongé dans son milieu littéraire, pouvait rire de sa baronne, entre amis, et même avec madame Schontz. Quant à ceux qui trouveront ces procédés infâmes, il est à peu près inutile de leur en présenter des excuses inadmissibles.

— Qu'as-tu fait à Sancerre, demanda Bixiou à Lousteau quand ils se rencontrèrent.

— J'ai rendu service à trois braves provinciaux, un Receveur des contributions, un petit cousin, et un Procureur du Roi qui tournaient depuis dix ans, répondit-il, autour d'une de ces cent et une dixièmes muses qui ornent les départements, sans y plus toucher qu'on ne touche à un plat monté du dessert, jusqu'à ce qu'un esprit fort y donne un coup de couteau...

— Pauvre garçon ! disait Bixiou, je disais bien que tu allais à Sancerre pour y mettre ton esprit au vert.

— Ton calembour est aussi détestable que ma muse est belle, mon cher, répliqua Lousteau. Demande à Bianchon.

— Une muse et un poète, répondit Bixiou, ton aventure est alors un traitement homœopathique.

Le dixième jour, Lousteau reçut une lettre timbrée de Sancerre.

— Bien ! bien ! fit Lousteau. « Ami chéri, idole de mon cœur et de mon âme... » Vingt pages d'écriture ! une par jour et datée de minuit ! Elle m'écrit quand elle est seule... Pauvre femme. Ah ! ah ! *Post-scriptum.* « Je n'ose te demander de m'écrire comme je le fais, tous les jours ; mais j'espère avoir de mon bien-aimé deux lignes chaque semaine pour me tranquilliser... » — Quel dommage de brûler cela ! c'est crânement écrit, se dit Lousteau qui jeta les dix feuillets au feu après les avoir lus. Cette femme est née pour *faire de la copie.*

Lousteau craignait peu madame Schontz de laquelle il était aimé *pour lui-même ;* mais il avait supplanté l'un de ses amis dans le cœur d'une marquise. La marquise, femme assez libre de sa personne, venait quelquefois à l'improviste chez lui, le soir, en fiacre, voilée, et se permettait, en qualité de femme de lettres, de fouiller dans tous les tiroirs. Huit jours après, Lousteau, qui se souvenait à peine de Dinah, fut bouleversé par un nouveau paquet de Sancerre : huit feuillets ! seize pages ! Il

entendit les pas d'une femme, il crut à quelque visite domici-
liaire de la marquise et jeta ces ravissantes et délicieuses preuves
d'amour au feu... sans les lire !

— Une lettre de femme ! s'écria madame Schontz en entrant, le papier, la cire sentent trop bonne...

— Monsieur, voici, dit un facteur des messageries en posant dans l'antichambre deux énormissimes bourriches. Tout est
payé. Voulez-vous signer mon registre ?...

— Tout est payé ! s'écria madame Schontz. Ça ne peut
venir que de Sancerre.

— Oui, madame, dit le facteur.

— Ta dixième Muse est une femme de haute intelligence,
dit la Lorette en défaisant une bourriche pendant que Lousteau
signait, j'aime une Muse qui connaît le ménage et qui fait à la
fois des pâtés d'encre et des pâtés de gibier. — Oh ! les belles
fleurs !... s'écria-t-elle en découvrant la seconde bourriche. Mais
il n'y a rien de plus beau dans Paris !... De quoi ? de quoi ? un
lièvre, des perdreaux, un demi-chevreuil. Nous inviterons tes
amis et nous ferons un fameux dîner, car Athalie possède un
talent particulier pour accommoder le chevreuil.

Lousteau répondit à Dinah ; mais au lieu de répondre avec
son cœur, il fit de l'esprit. La lettre n'en fut que plus dangereuse,
elle ressemblait à une lettre de Mirabeau à Sophie. Le style des
vrais amants est limpide. C'est une eau pure qui laisse voir le
fond du cœur entre deux rives ornées des riens de la vie, émail-
lées de ces fleurs de l'âme nées chaque jour et dont le charme est
enivrant mais pour deux êtres seulement. Aussi dès qu'une lettre
d'amour peut faire plaisir au tiers qui la lit, est-elle à coup sûr
sortie de la tête et non du cœur. Mais les femmes y seront toujours prises, elles croient alors être l'unique source de cet esprit.

Vers la fin du mois de décembre, Lousteau ne lisait plus
les lettres de Dinah qui s'accumulèrent dans un tiroir de sa commode toujours ouvert, sous ses chemises qu'elles parfumaient.
Il advenait à Lousteau l'un de ces hasards que ces Bohémiens
doivent saisir par tous ses cheveux. Au milieu de ce mois, madame Schontz, qui s'intéressait beaucoup à Lousteau, le fit prier
de passer chez elle un matin pour affaire.

— Mon cher, tu peux te marier, lui dit-elle.

— Souvent, ma chère, heureusement !

— Quand je dis te marier, c'est faire un beau mariage. Tu n'as pas de préjugés, on n'a pas besoin de gazer : voici l'affaire. Une jeune personne a commis une faute, et la mère n'en sait pas le premier baiser. Le père est un honnête Notaire plein d'honneur, il a eu la sagesse de ne rien ébruiter. Il veut marier sa fille en quinze jours, il donne une dot de cent cinquante mille francs, car il a trois autres enfants ; mais !... — pas bête — il ajoute un supplément de cent mille francs de la main à la main pour couvrir le déchet. Il s'agit d'une vieille famille de la bourgeoisie parisienne, quartier des Lombards...

— Eh ! bien, pourquoi l'amant n'épouse-t-il pas ?

— Mort.

— Quel roman ! il n'y a plus que rue des Lombards où les choses se passent ainsi...

— Mais ne vas-tu pas croire qu'un frère jaloux a tué le séducteur ?... Ce jeune homme est tout bêtement mort d'une pleurésie, attrapée en sortant du spectacle. Premier clerc, et sans un liard, mon homme avait séduit la fille pour avoir l'Étude : en voilà une vengeance du ciel ?

— D'où sais-tu cela ?

— De Malaga, le Notaire est son milord.

— Quoi, c'est Cardot, le fils de ce petit vieillard à queue et poudre, le premier ami de Florentine !...

— Précisément. Malaga, dont l'amant est un petit criquet de musicien de dix-huit ans, ne peut pas en conscience le marier à cet âge-là ; elle n'a encore aucune raison de lui en vouloir. D'ailleurs monsieur Cardot veut un homme d'au moins trente ans. Ce Notaire, selon moi, sera très-flatté d'avoir pour gendre une célébrité. Ainsi, tâte-toi, mon bonhomme ? Tu payes tes dettes, tu deviens riche de douze mille francs de rente, et tu n'as pas l'ennui de te rendre père : en voilà, des avantages ! Après tout, tu épouses une veuve consolable. Il y a cinquante mille livres de rente dans la maison, outre la charge ; tu ne peux donc pas avoir un jour moins de quinze autres mille francs de rente, et tu appartiens à une famille qui, politiquement, se trouve dans une belle position. Cardot est le beau-frère du vieux Camusot le Député qui est resté si long-temps avec Fanny Beaupré.

— Oui, dit Lousteau, Camusot le père a épousé la fille aînée à feu le petit père Cardot, et ils faisaient leurs farces ensemble.

— Eh ! bien, reprit madame Schontz, madame Cardot, la Notaresse, est une Chiffreville, des fabricants de produits chimiques, l'aristocratie d'aujourd'hui, quoi ? des Potasse ! Là est le mauvais côté : tu auras une terrible belle-mère... Oh ! une femme à tuer sa fille si elle la savait *dans l'état où*... Cette Cardot est dévote, elle a les lèvres comme deux faveurs d'un rose passé... Un viveur comme toi ne serait jamais accepté par cette femme-là, qui, dans une bonne intention, espionnerait ton ménage de garçon et saurait tout ton passé ; mais Cardot fera, dit-il, usage de son pouvoir paternel. Le pauvre homme sera forcé d'être gracieux pendant quelques jours pour sa femme, une femme de bois, mon cher ; Malaga, qui l'a rencontrée, l'a nommée une brosse de pénitence. Cardot a quarante ans, il sera Maire dans son Arrondissement, il deviendra peut-être Député. Il offre, à la place des cent mille francs, de donner une jolie maison, rue Saint-Lazare, entre cour et jardin, qui ne lui a coûté que soixante mille francs à la débâcle de juillet ; il te la vendrait, histoire de te fournir l'occasion d'aller et venir chez lui, de voir la fille, de plaire à la mère... Cela te constituerait un avoir aux yeux de madame Cardot. Enfin tu serais comme un prince, dans ce petit hôtel. Tu te feras nommer, par le crédit de Camusot, bibliothécaire à un Ministère où il n'y aura pas de livres. Eh ! bien, si tu places ton argent en cautionnement de journal, tu auras dix mille francs de rente, tu en gagnes six, ta bibliothèque t'en donnera quatre... Trouve mieux ? Tu te marierais à un agneau sans tache, il pourrait se changer en femme légère au bout de deux ans... Que t'arrive-t-il ? un dividende anticipé. C'est la mode ! Si tu veux m'en croire, il faut venir dîner demain chez Malaga. Tu y verras ton beau-père, il saura l'indiscrétion, censée commise par Malaga contre laquelle il ne peut pas se fâcher, et tu le domines alors. Quant à ta femme.. Eh !... mais sa faute te laisse garçon...

— Ah ! ton langage n'est pas plus hypocrite qu'un boulet de canon.

— Je t'aime pour toi, voilà tout, et je raisonne. Eh ! bien, qu'as-tu à rester là comme un Abd-el-Kader en cire ? Il n'y a pas à réfléchir. C'est pile ou face, le mariage. Eh ! bien, tu as tiré pile ?

— Tu auras ma réponse demain, dit Lousteau.

— J'aimerais mieux l'avoir tout de suite, Malaga ferait l'article pour toi ce soir.

— Eh ! bien, oui...

Lousteau passa la soirée à écrire à la marquise une longue lettre où il lui disait les raisons qui l'obligeaient à se marier : sa constante misère, la paresse de son imagination, les cheveux blancs, sa fatigue morale et physique, enfin quatre pages de raisons.

— Quant à Dinah, je lui enverrai le billet de faire part, se dit-il. Comme dit Bixiou, je n'ai pas mon pareil pour savoir couper la queue à une passion...

Lousteau, qui fit d'abord des façons avec lui-même, en était arrivé le lendemain à craindre que ce mariage manquât. Aussi fut-il charmant avec le Notaire.

— J'ai connu, lui dit-il, monsieur votre père chez Florentine, je devais vous connaître chez mademoiselle Turquet. Bon chien chasse de race. Il était très-bon enfant et philosophe, le petit père Cardot, car (vous permettez) nous l'appelions ainsi. Dans ce temps-là Florine, Florentine Tullia, Coralie et Mariette étaient comme les cinq doigts de la main.. Il y a de cela maintenant quinze ans. Vous comprenez que mes folies ne sont plus à faire... Dans ce temps là, le plaisir m'emportait, j'ai de l'ambition aujourd'hui ; mais, nous sommes dans une époque où pour parvenir il faut être sans dettes, avoir une fortune, femme et enfants. Si je paye le cens, si je suis propriétaire de mon journal au lieu d'en être un rédacteur, je deviendrai député tout comme tant d'autres !

Maître Cardot goûta cette profession de foi. Lousteau s'était mis sous les armes, il plut au Notaire, qui, chose assez facile à concevoir, eut plus d'abandon avec un homme qui avait connu les secrets de la vie de son père, qu'il n'en aurait eu avec tout autre. Le lendemain Lousteau fut présenté, comme acquéreur de la maison rue Saint-Lazare, au sein de la famille Cardot, et il y dîna trois jours après.

Cardot demeurait dans une vieille maison auprès de la place du Châtelet. Tout était cossu chez lui. L'Économie y mettait les moindres dorures sous des gazes vertes. Les meubles étaient couverts de housses. Si l'on n'éprouvait aucune inquiétude sur la fortune de la maison, on y éprouvait une envie de bâiller dès la première demi-heure. L'ennui siégeait sur tous les meubles. Les draperies pendaient tristement. La salle à manger ressemblait à celle d'Harpagon. Lousteau n'eût pas connu Malaga d'avance, à la seule inspection de ce ménage il aurait deviné que l'existence du Notaire se passait sur un autre théâtre. Le journaliste aperçut une grande jeune personne blonde, à l'œil bleu, timide et langoureux à la fois. Il plut au frère aîné, quatrième clerc de l'Étude, que la gloire littéraire attirait dans ses piéges, et qui devait être le successeur de Cardot. La sœur cadette avait douze ans. Lousteau, caparaçonné d'un petit air jésuite, fit l'homme religieux et monarchique avec la mère, il fut sobre, doucereux, posé, complimenteur.

Vingt jours après la présentation, au quatrième dîner, Félicie Cardot, qui étudiait Lousteau du coin de l'œil, alla lui offrir sa tasse de café dans une embrasure de fenêtre et lui dit à voix basse, les larmes dans les yeux : — Toute ma vie, monsieur, sera employée à vous remercier de votre dévouement pour une pauvre fille…

Lousteau fut ému, tant il y avait de choses dans le regard, dans l'accent, dans l'attitude. — Elle ferait le bonheur d'un honnête homme, se dit-il en lui pressant la main pour toute réponse.

Madame Cardot regardait son gendre comme un homme plein d'avenir ; mais, parmi toutes les belles qualités qu'elle lui supposait, elle était enchantée de sa moralité. Soufflé par le roué

Notaire, Étienne avait donné sa parole de n'avoir ni enfant naturel ni aucune liaison qui pût compromettre l'avenir de la chère Félicie.

— Vous pouvez me trouver un peu exagérée, disait la dévote au journaliste ; mais quand on donne une perle comme ma Félicie à un homme, on doit veiller à son avenir. Je ne suis pas de ces mères qui sont enchantées de se débarrasser de leurs filles. Monsieur Cardot va de l'avant, il presse le mariage de sa fille, il le voudrait fait. Nous ne différons qu'en ceci... Quoiqu'avec un homme comme vous, monsieur, un littérateur dont la jeunesse a été préservée de la démoralisation actuelle par le travail, on puisse être en sûreté ; néanmoins, vous vous moqueriez de moi, si je mariais ma fille les yeux fermés. Je sais bien que vous n'êtes pas un innocent, et j'en serais bien fâchée pour ma Félicie (ceci fut dit à l'oreille), mais si vous aviez de ces liaisons... Tenez, monsieur, vous avez entendu parler de madame Roguin, la femme d'un Notaire qui a eu, malheureusement pour notre corps, une si cruelle célébrité. Madame Roguin est liée, et cela depuis 1820, avec un banquier...

— Oui, du Tillet, répondit Étienne qui se mordit la langue en songeant à l'imprudence avec laquelle il avouait connaître du Tillet.

— Eh ! bien, monsieur, si vous étiez mère, ne trembleriez-vous pas en pensant que votre fille peut avoir le sort de madame du Tillet ? A son âge, et née de Grandville, avoir pour rivale une femme de cinquante ans passés !... J'aimerais mieux voir ma fille morte que de la donner à un homme qui aurait des relations avec une femme mariée... Une grisette, une femme de théâtre se prennent et se quittent ! Selon moi, ces femmes-là ne sont pas dangereuses, l'amour est un état pour elles, elles ne tiennent à personne, un de perdu, deux de retrouvés !... Mais une femme qui a manqué à ses devoirs doit s'attacher à sa faute, elle n'est excusable que par sa constance, si jamais un pareil crime est excusable ! C'est ainsi du moins que je comprends la faute d'une femme comme il faut, et voilà ce qui la rend si redoutable...

Au lieu de chercher le sens de ces paroles, Étienne en plaisanta chez Malaga, où il se rendit avec son futur beau-père ; car le Notaire et le journaliste étaient au mieux ensemble.

Lousteau s'était déjà posé devant ses intimes comme un homme important : sa vie allait enfin avoir un sens, le hasard l'avait choyé, il devenait sous peu de jours propriétaire d'un charmant petit hôtel rue Saint-Lazare ; il se mariait, il épousait une femme charmante, il aurait environ vingt mille livres de rente ; il pourrait donner carrière à son ambition ; il était aimé de la jeune personne, il appartenait à plusieurs familles honorables... Enfin, il voguait à pleines voiles sur le lac bleu de l'espérance.

Madame Cardot avait désiré voir les gravures de Gil Blas, un de ces livres *illustrés* que la librairie française entreprenait alors, et Lousteau la veille en avait remis les premières livraisons à madame Cardot. La Notaresse avait son plan, elle n'empruntait le livre que pour le rendre, elle voulait un prétexte de tomber à l'improviste chez son gendre futur. A l'aspect de ce ménage de garçon, que son mari lui peignait comme charmant, elle en saurait plus, disait elle, qu'on ne lui en disait sur les mœurs de Lousteau. Sa belle-sœur, madame Camusot, a qui le fatal secret était caché, s'effrayait de ce mariage pour sa nièce. Monsieur Camusot, Conseiller à la Cour royale, fils d'un premier lit, avait dit à sa belle-mère, madame Camusot, sœur de maître Cardot, des choses peu flatteuses sur le compte du journaliste. Lousteau, cet homme si spirituel, ne trouva rien d'extraordinaire à ce que la femme d'un riche Notaire voulût voir un volume de quinze francs avant de l'acheter. Jamais l'homme d'esprit ne se baisse pour examiner les bourgeois qui lui échappent à la faveur de cette inattention ; et, pendant qu'il se moque d'eux, ils ont le temps de le garrotter.

Dans les premiers jours de janvier 1837, madame Cardot et sa fille prirent une urbaine et vinrent, rue des Martyrs, rendre les livraisons du Gil Blas au futur de Félicie, enchantées toutes deux de voir l'appartement de Lousteau. Ces sortes de visites domiciliaires se font dans les vieilles familles bourgeoises. Le portier d'Étienne ne se trouva point ; mais sa fille, en apprenant de la digne bourgeoise qu'elle parlait à la belle-mère et à la future de monsieur Lousteau, leur livra d'autant mieux la clef de l'appartement que madame Cardot lui mit une nièce d'or dans la main.

Il était alors environ midi, l'heure à laquelle le journaliste revenait de déjeuner du Café Anglais. En franchissant l'espace qui se trouve entre Notre-Dame-de-Lorette et la rue des Martyrs, Lousteau regarda par hasard un fiacre qui montait par la rue du Faubourg-Montmartre, et crut avoir une vision en y apercevant la figure de Dinah ! Il resta glacé sur ses deux jambes en trouvant effectivement sa Didine à la portière.

— Que viens-tu faire ici ? s'écria-t-il.

Le vous n'était pas possible avec une femme à renvoyer.

— Eh ! mon amour, s'écria-t-elle, n'as-tu donc pas lu mes lettres ?...

— Si, répondit Lousteau.

— Eh ! bien ?

— Eh ! bien ?

— Tu es père, répondit la femme de province.

— Bah, s'écria-t-il sans prendre garde à la barbarie de cette exclamation. Enfin, se dit-il en lui-même, il faut la préparer à la catastrophe...

Il fit signe au cocher de s'arrêter, donna la main à madame de La Baudraye, et laissa le cocher avec la voiture pleine de malles, en se promettant bien de renvoyer *illico*, se dit-il, la femme et ses paquets d'où elle venait.

— Monsieur ! monsieur ! cria la petite Paméla.

L'enfant avait de l'intelligence, et savait que trois femmes ne doivent pas se rencontrer dans un appartement de garçon.

— Bien ! bien ! fit le journaliste en entraînant Dinah.

Paméla crut alors que cette femme inconnue était une parente, elle ajouta cependant : — La clef est à la porte, votre belle-mère y est !

Dans son trouble, et en s'entendant dire par madame de la Baudraye une myriade de phrases, Étienne entendit : *ma mère y est*, la seule circonstance qui, pour lui, fût possible, et il entra. La future et la belle-mère, alors dans la chambre à coucher, se tapirent dans un coin en voyant l'entrée d'Étienne et d'une femme.

— Enfin, mon Étienne, mon ange, je suis à toi pour la vie ! s'écria Dinah en lui sautant au cou et l'étreignant pendant qu'il mettait la clef en dedans. La vie était une agonie perpétuelle pour moi dans ce château d'Anzy, je n'y tenais plus, et, le jour où il a fallu déclarer ce qui fait mon bonheur, eh ! bien, je ne m'en suis jamais senti la force. Je t'amène ta femme et ton enfant ! oh ! ne pas m'écrire ! me laisser deux mois sans nouvelles !...

— Mais, Dinah ! tu me mets dans un embarras...

— M'aimes-tu ?..

— Comment ne t'aimerais-je pas ?... Mais ne valait-il pas mieux rester à Sancerre... Je suis ici dans la plus profonde misère, et j'ai peur de te la faire partager...

— Ta misère sera le paradis pour moi. Je veux vivre ici, sans jamais en sortir...

— Mon Dieu, c'est joli en paroles, mais...

Dinah s'assit et fondit en larmes en entendant cette phrase dite avec brusquerie. Lousteau ne put résister à cette explosion, il serra la baronne dans ses bras, et l'embrassa.

— Ne pleure pas, Didine ! s'écria-t-il.

En lâchant cette phrase, le feuilletoniste aperçut dans la glace le fantôme de madame Cardot, qui, du fond de la chambre, le regardait.

— Allons, Didine, va toi-même avec Paméla voir à déballer tes malles, lui dit-il à l'oreille. Va, ne pleure pas, nous serons heureux.

Il la conduisit jusqu'à la porte, et revint vers la notaresse pour conjurer l'orage.

— Monsieur, lui dit madame Cardot, je m'applaudis d'avoir voulu voir par moi-même le ménage de celui qui devait être mon gendre. Dût ma Félicie en mourir, elle ne sera pas la femme d'un homme tel que vous. Vous vous devez au bonheur de votre Didine, monsieur.

Et la dévote sortit en emmenant Félicie qui pleurait aussi, car Félicie s'était habituée à Lousteau. L'affreuse madame Cardot remonta dans son urbaine en regardant avec une insolente fixité la pauvre Dinah, qui sentait encore dans son cœur le coup de poignard du : *C'est joli en paroles ;* mais qui, semblable à toutes les femmes aimantes, croyait néanmoins au : — *Ne pleure pas, Didine !*

Lousteau, qui ne manquait pas de cette espèce de résolution que donnent les hasards d'une vie agitée, se dit : — Didine a de la noblesse, une fois prévenue de mon mariage, elle s'immolera à mon avenir, et je sais comment m'y prendre pour l'en instruire.

Enchanté de trouver une ruse dont le succès lui parut certain, il se mit à danser sur un air connu : — Larifla ! fla, fla ! Puis, une fois Didine emballée, reprit-il en se parlant à lui-même, j'irai faire une visite et un roman à maman Cardot : j'aurai séduit sa Félicie à Saint-Eustache... Félicie, coupable par amour, porte dans son sein le gage de notre bonheur, et... larifla, fla, fla !... le père ne peut pas me démentir, fla, fla... ni la fille... larifla ! *Ergo* le notaire, sa femme et sa fille sont enfoncés, larifla, fla, fla !...

A son grand étonnement, Dinah surprit Étienne dansant une danse prohibée.

— Ton arrivée et notre bonheur me rendent ivre de joie !... lui dit-il en lui expliquant ainsi ce mouvement de folie.

— Et moi qui ne me croyais plus aimée !... s'écria la pauvre femme en lâchant le sac de nuit qu'elle apportait et pleurant de plaisir sur le fauteuil où elle se laissa tomber.

— Emménage-toi, mon ange, dit Étienne en riant sous cape, j'ai deux mots à écrire afin de me dégager d'une partie de garçon, car je veux être tout à toi. Commande, tu es ici chez toi.

Étienne écrivit à Bixiou.

« Mon cher, ma baronne me tombe sur les bras, et va me faire manquer mon mariage si nous ne mettons pas en scène une des ruses les plus connues des mille et un vaudevilles du

Gymnase. Donc, je compte sur toi, pour venir, en vieillard de Molière, gronder ton neveu Léandre sur sa sottise, pendant que la dixième Muse sera cachée dans ma chambre ; il s'agit de la prendre par les sentiments, frappe fort, sois méchant, blesse-la. Quant à moi, tu comprends, j'exprime un dévouement aveugle. Viens, si tu peux, à sept heures.

» Tout à toi,

» É. LOUSTEAU. »

Une fois cette lettre envoyée par un commissionnaire à l'homme de Paris qui se plaisait le plus à ces railleries que les artistes ont nommées *des charges*, Lousteau parut empressé d'installer chez lui la Muse de Sancerre ; il s'occupa de l'emménagement de tous les effets qu'elle avait apportés, il la mit au fait des êtres et des choses du logis avec une bonne foi si parfaite, avec un plaisir qui débordait si bien en paroles et en caresses, que Dinah put se croire la femme du monde la plus aimée. Cet appartement où les moindres choses portaient le cachet de la mode lui plaisait beaucoup plus que son château d'Anzy. Paméla Migeon, cette intelligente petite fille de quatorze ans, fut questionnée par le journaliste à cette fin de savoir si elle voulait devenir la femme de chambre de l'imposante baronne. Paméla ravie entra sur-le-champ en fonctions en allant commander le dîner chez un restaurateur du boulevard. Dinah comprit alors quel était le dénûment caché sous le luxe purement extérieur de ce ménage de garçon en n'y voyant aucun des ustensiles nécessaires à la vie. Tout en prenant possession des armoires, des commodes, elle forma les plus doux projets, elle changerait les mœurs de Lousteau, elle le rendrait casanier, elle lui compléterait son bien-être au logis. La nouveauté de sa position en cachait le malheur à Dinah, qui voyait dans un mutuel amour l'absolution de sa faute, et qui ne portait pas encore les yeux au delà de cet appartement. Paméla, dont l'intelligence était égale à celle d'une lorette, alla droit chez madame Schontz lui demander de l'argenterie en lui racontant ce qui venait d'arriver à Lousteau. Après avoir tout mis chez elle à la disposition de Paméla, madame Schontz courut chez Malaga, son amie intime, afin de prévenir Cardot du malheur advenu à son futur gendre.

Sans inquiétude sur la crise qui affectait son mariage, le journaliste fut de plus en plus charmant pour la femme de province. Le dîner occasionna ces délicieux enfantillages des amants devenus libres et heureux d'être enfin à eux-mêmes. Le café pris, au moment où Lousteau tenait sa Dinah sur ses genoux devant le feu, Paméla se montra tout effarée.

— Voici monsieur Bixiou ! que faut-il lui dire ? demanda-t-elle.

— Entre dans la chambre, dit le journaliste à sa maîtresse, je l'aurai bientôt renvoyé, c'est un de mes plus intimes amis, à qui d'ailleurs il faut avouer mon nouveau genre de vie.

— Oh ! oh ! deux couverts et un chapeau de velours gros-bleu ! s'écria le compère... je m'en vais... Voilà ce que c'est que de se marier, on fait ses adieux. Comme on se trouve riche quand on déménage, hein ?

— Est-ce que je me marie ? dit Lousteau.

— Comment ! tu ne te maries plus, à présent ? s'écria Bixiou.

— Non !

— Non ! Ah ! çà, que t'arrive-t-il, ferais-tu par hasard des sottises ? Quoi !... toi qui, par une bénédiction du ciel, as trouvé vingt mille francs de rente, un hôtel, une femme appartenant aux premières familles de la haute bourgeoisie, enfin une femme de la rue des Lombards...

— Assez, assez, Bixiou, tout est fini, va-t'en !

— M'en aller ! j'ai les droits de l'amitié, j'en abuse. Que t'est-il arrivé ?

— Il m'est arrivé cette dame de Sancerre, elle est mère, et nous allons vivre ensemble, heureux le reste de nos jours... Tu saurais cela demain, autant te l'apprendre aujourd'hui.

— Beaucoup de tuyaux de cheminée qui me tombent sur la tête, comme dit Arnal. Mais si cette femme t'aime pour toi, mon cher, elle s'en retournera d'où elle vient. Est-ce qu'une femme de province a jamais pu avoir le pied marin à Paris ? elle te fera souffrir dans tous tes amours-propres. Oublies-tu ce qu'est une femme de province ? mais elle a le bonheur aussi ennuyeux que le malheur, elle déploie autant de talent à éviter la grâce que la Parisienne en met à l'inventer. Écoute, Lousteau ? que la passion te fasse oublier en quel temps nous vivons, je le conçois ; mais, moi, ton ami, je n'ai pas de bandeau mythologique sur les yeux... Eh ! bien, examine ta position ? Tu roules, depuis quinze ans dans le monde littéraire, tu n'es plus jeune, tu marches sur tes tiges, tant tu as marché !... Oui, mon bonhomme, tu fais comme les gamins de Paris qui pour cacher les trous de leurs bas les remploient et tu as le mollet aux talons !... Enfin ta plaisanterie est vieillotte. Ta phrase est plus connue qu'un remède secret...

— Je te dirai, comme le Régent au cardinal Dubois : *assez de coups de pied comme ça !* s'écria Lousteau tout en riant.

— Oh, vieux jeune homme, répondit Bixiou, tu sens le fer de l'opérateur à ta plaie. Tu t'es épuisé, n'est-ce pas ? Eh ! bien ; dans le feu de la jeunesse, sous la pression de la misère, qu'as-tu gagné ? Tu n'es pas en première ligne et tu n'as pas mille francs à toi. Voilà ta position chiffrée. Pourras-tu, dans le déclin de tes forces soutenir par ta plume un ménage, quand ta femme, si elle est honnête, n'aura pas les ressources d'une lorette pour extraire *un billet de mille* des profondeurs où l'homme le garde ? Tu t'enfonces dans *le troisième dessous* du théâtre social... Ceci n'est que le côté financier. Voyons le côté politique ? Nous naviguons dans une époque essentiellement bourgeoise, où l'honneur, la vertu, la délicatesse, le talent, le savoir, le génie, en un mot consiste à payer ses billets, à ne rien devoir à personne, et à bien faire ses petites affaires. Soyez rangé, soyez décent, ayez femme et enfant, acquittez vos loyers et vos contributions, montez votre garde, soyez semblable à tous les fusiliers de votre compagnie, et vous pouvez prétendre à tout, devenir ministre, et tu as des chances, puisque tu n'es pas un Montmorency ! Tu allais remplir toutes les conditions voulues pour être un homme politique, tu pouvais faire toutes les saletés exigées pour l'emploi, même jouer la médiocrité, tu aurais été presque nature. Et, pour une femme qui te plantera là, au terme de toutes les passions éternelles, dans trois, cinq ou sept ans, après avoir consommé tes dernières forces intellectuelles et physiques, tu tournes le dos à la sainte famille, à la rue des Lombards, à tout un avenir politique, à trente mille francs de rente à la considération... Est-ce là par où devait finir un homme qui n'avait plus d'illusions ?... Tu ferais pot-bouille avec une actrice qui te rendrait heureux, voilà ce qui s'appelle une question de cabinet : mais vivre avec une femme mariée ?... c'est tirer à vue sur le malheur ! c'est avaler toutes les couleuvres du vice sans en avoir les plaisirs..

— Assez, te dis-je, tout finit par un mot : j'aime madame de La Baudraye et je la préfère à toutes les fortunes du monde, à toutes les positions... J'ai pu me laisser aller à une bouffée d'ambition... mais tout cède au bonheur d'être père.

— Ah ! tu donnes dans la paternité ? Mais, malheureux, nous ne sommes les pères que des enfants de nos femmes légitimes ! Qu'est-ce que c'est qu'un moutard qui ne porte pas notre nom ? c'est le dernier chapitre d'un roman ! on te l'enlèvera, ton enfant ! Nous avons vu ce sujet-là dans vingt vaudevilles, depuis dix ans... La Société, mon cher, pèsera sur vous, tôt ou tard. Relis Adolphe ? Oh ! mon Dieu ! Je vous vois, quand vous vous serez bien connus, je vous vois malheureux, triste-à-pattes, sans considération, sans fortune, vous battant comme les actionnaires d'une commandite attrapés par leur gérant ! Votre gérant, à vous, c'est le bonheur.

— Pas un mot de plus, Bixiou.

— Mais je commence à peine. Écoute, mon cher. On a beaucoup attaqué le mariage depuis quelque temps ; mais, à part son avantage d'être la seule manière d'établir les successions, comme il offre aux jolis garçons sans le sol un moyen de faire fortune en deux mois, il résiste à tous ses inconvénients ! Aussi, n'y a-t-il pas de garçon qui ne se repente tôt ou tard d'avoir manqué par sa faute un mariage de trente mille livres de rentes...

— Tu ne veux donc pas me comprendre ! s'écria Lousteau d'une voix exaspérée, va-t'en... Elle est là...

— Pardon, pourquoi ne pas me l'avoir dit plus tôt... tu es majeur... et elle aussi, fit-il d'un ton plus bas mais assez haut cependant pour être entendu de Dinah. Elle te fera joliment repentir de son bonheur...

— Si c'est une folie, je veux la faire... Adieu !

— Un homme à la mer ! cria Bixiou.

— Que le diable emporte ces amis qui se croient le droit de vous chapitrer, dit Lousteau en ouvrant la porte de sa chambre où il trouva sur un fauteuil madame La Baudraye affaissée étanchant ses yeux avec un mouchoir brodé.

— Que suis-je venue faire ici ?... dit-elle. Oh ! mon Dieu ! pourquoi ?... Étienne, je ne suis pas si femme de province que vous le croyez... Vous vous jouez de moi.

— Chère ange, répondit Lousteau qui prit Dinah dans ses bras, la souleva du fauteuil et l'amena quasi morte dans le salon, nous avons chacun échangé notre avenir, sacrifice contre sacrifice. Pendant que j'aimais à Sancerre, on me mariait ici ; mais je résistais... va, j'étais bien malheureux.

— Oh ! je pars ! s'écria Dinah en se dressant comme une folle et faisant deux pas vers la porte.

— Tu resteras, ma Didine, tout est fini. Va ! cette fortune est-elle à si bon marché ? ne dois-je pas épouser une grande blonde dont le nez est sanguinolent, la fille d'un notaire, et endosser une belle-mère qui rendrait des points à madame Pié-defer en fait de dévotion...

Paméla se précipita dans le salon, et vint dire à l'oreille de Lousteau : — Madame Schontz !...

Lousteau se leva, laissa Dinah sur le divan et sortit.

— Tout est fini, mon bichon, lui dit la lorette. Cardot ne veut pas se brouiller avec sa femme à cause d'un gendre. La dévote a fait une scène... une scène sterling ! Enfin, le premier clerc actuel, qui était second premier clerc depuis deux ans, accepte la fille et l'Étude.

— Le lâche ! s'écria Lousteau. Comment, en deux heures, il a pu se décider.

— Mon Dieu, c'est bien simple. Le drôle, qui avait les secrets du premier clerc défunt, a deviné la position du patron en saisissant quelques mots de la querelle avec madame Cardot. Le notaire compte sur ton honneur et sur ta délicatesse, car tout est convenu. Le clerc, dont la conduite est excellente, il se don-nait le genre d'aller à la messe ! un petit hypocrite fini, quoi !

plaît à la notaresse. Cardot et toi, vous resterez amis. Il va devenir directeur d'une compagnie financière immense, il pourra te
rendre service. Ah ! tu te réveilles d'un beau rêve.

— Je perds une fortune, une femme, et...

— Une maîtresse, dit madame Schontz en souriant, car
te voilà plus que marié, tu seras embêtant, tu voudras rentrer
chez toi, tu n'auras plus rien de décousu, ni dans tes habits, ni
dans tes allures... Laisse-la-moi voir par le trou de la porte ?...
demanda la lorette. Il n'y a pas, s'écria-t-elle, de plus bel animal
dans le désert ! tu es volé ! C'est digne, c'est sec, c'est pleurard,
il lui manque le turban de lady Dudley.

Et la lorette se sauva.

— Qu'y a-t-il encore ?... demanda madame de La Baudraye à l'oreille de laquelle avaient retenti le froufrou de la robe
de soie et les murmures d'une voix de femme.

— Il y a, mon ange, s'écria Lousteau, que nous sommes
indissolublement unis... On vient de m'apporter une réponse
verbale à la lettre que tu m'as vu écrire et par laquelle je rompais
mon mariage...

— C'est là cette partie dont tu te dégageais ?

— Oui !

— Oh ! je serai plus que ta femme, je te donne ma vie,
je veux être ton esclave !... dit la pauvre créature abusée. Je ne
croyais pas qu'il me fût possible de t'aimer davantage !... Je ne
serai donc pas un accident dans ta vie, je serai toute ta vie ?...

— Oui, ma belle, ma noble Didine.

— Jure-moi, reprit-elle, que nous ne pourrons être séparés que par la mort !...

Lousteau voulut embellir son serment de ses plus sédui-
santes chatteries. Voici pourquoi.

De la porte de son appartement où il avait reçu le baiser
d'adieu de la lorette à celle du salon où gisait la Muse étourdie
de tant de chocs successifs, Lousteau s'était rappelé l'état pré-
caire du petit La Baudraye, sa fortune, et ce mot de Bianchon
sur Dinah : — Ce sera une riche veuve ! Et il se dit en lui-
même : — J'aime mieux cent fois madame de La Baudraye que
Félicie pour femme !

Aussi son parti fut-il promptement pris : il décida de jouer l'amour avec une admirable perfection, et son lâche calcul, sa violente passion eurent de fâcheux résultats. En effet, pendant son voyage de Sancerre à Paris, madame de La Baudraye avait médité de vivre dans un appartement à elle, à deux pas de Lousteau ; mais les preuves d'amour que son amant venait de lui donner en renonçant à ce bel avenir, et surtout le bonheur si complet des premiers jours de ce mariage illégal l'empêchèrent de parler de cette séparation. Le lendemain devait être et fut une fête au milieu de laquelle une pareille proposition faite *à son ange* eût produit la plus horrible discordance. De son côté Lousteau, qui voulait tenir Dinah dans sa dépendance, la maintint dans une ivresse continuelle, à coups de fêtes. Ces événements empêchèrent donc ces deux êtres si spirituels d'éviter le bourbier où ils tombèrent, celui d'une cohabitation insensée dont malheureusement tant d'exemples existent, à Paris, dans le monde littéraire.

Ainsi fut accompli dans toute sa teneur le programme de l'amour en province si railleusement tracé par madame de La Baudraye à Lousteau, mais dont, ni l'un ni l'autre, ils ne se souvinrent. La passion est sourde et muette de naissance.

Cet hiver fut donc, à Paris, pour madame de La Baudraye, tout ce que le mois d'octobre avait été pour elle à Sancerre. Étienne, pour initier sa femme à la vie de Paris, entremêla cette nouvelle lune de miel de parties de spectacles où Dinah ne voulut aller qu'en baignoires. Au début, madame de La Baudraye garda quelques vestiges de sa pruderie provinciale, elle eut peur d'être vue, elle cacha son bonheur. Elle disait : — Monsieur de Clagny, monsieur Gravier sont capables de me suivre ! Elle craignait Sancerre à Paris. Lousteau, dont l'amour-propre était excessif, fit l'éducation de Dinah, il la conduisit chez les meilleures faiseuses, et lui montra les jeunes femmes alors à la mode en les lui recommandant comme des modèles à suivre. Aussi l'extérieur provincial de madame de La Baudraye changea-t-il promptement. Lousteau, rencontré par ses amis, reçut des compliments sur sa conquête. Pendant cette saison Étienne produisit peu de littérature, et s'endetta considérablement, quoique la fière Dinah eût employé toutes ses économies à sa toilette, et crût n'avoir pas causé la plus légère dépense à son chéri. Au bout de trois mois, Dinah s'était acclimatée, elle s'était enivrée de musique aux Italiens, elle connaissait les répertoires de tous les théâtres, leurs acteurs, les journaux et les plaisanteries du moment ; elle s'était accoutumée à cette vie de continuelles émotions, à ce courant rapide où tout s'oublie. Elle ne tendait plus le cou, ne mettait plus le nez en l'air, comme une statue de l'Étonnement, à propos des continuelles surprises que Paris offre aux étrangers. Elle savait respirer l'air de ce milieu spiri-tuel, animé, fécond, où les gens d'esprit se sentent dans leur élément et qu'ils ne peuvent plus quitter.

Un matin, en lisant les journaux que Lousteau recevait tous, deux lignes lui rappelèrent Sancerre et son passé, deux lignes auxquelles elle n'était pas étrangère et que voici :

« Monsieur le baron de Clagny, Procureur du Roi près le Tribunal de Sancerre, est nommé Substitut du Procureur-géné-ral près la Cour royale de Paris. »

— Comme il t'aime, ce vertueux magistrat ! dit en sou-riant le journaliste.

— Pauvre homme ! répondit-elle. Que te disais-je ? Il me suit. En ce moment, Étienne et Dinah se trouvaient dans la phase la plus brillante et la plus complète de la passion, à cette période où l'on s'est habitué parfaitement l'un à l'autre, et où néanmoins l'amour conserve de la saveur. On se connaît, mais on ne s'est pas encore compris, on n'a pas repassé dans les mêmes plis de l'âme, on ne s'est pas étudié de manière à savoir, comme plus tard, la pensée, les paroles, le geste à propos des plus grands comme des plus petits événements. On est dans l'enchantement, il n'y a pas eu de collision, de divergences d'opinions, de regards indifférents. Les âmes vont à tout propos du même côté. Aussi, Dinah disait elle à Lousteau de ces ma-giques paroles accompagnées d'expressions, de ces regards plus magiques encore que toutes les femmes trouvent alors.

— Tue-moi quand tu ne m'aimeras plus. — Si tu ne m'aimais plus, je crois que je pourrais te tuer et me tuer après.

A ces délicieuses exagérations, Lousteau répondait à Dinah : — Tout ce que je demande à Dieu c'est de te voir ma constance. Ce sera toi qui m'abandonneras !...

— Mon amour est absolu...

— Absolu, répéta Lousteau. Voyons ? Je suis entraîné dans une partie de garçon, je retrouve une de mes anciennes maîtresses, elle se moque de moi ; par vanité, je fais l'homme libre, et je ne rentre que le lendemain matin ici... M'aimeras-tu toujours ?

— Une femme n'est certaine d'être aimée que quand elle est préférée, et si tu me revenais, si... Oh ! tu me fais comprendre le bonheur de pardonner une faute à celui qu'on adore..

— Eh ! bien, je suis donc aimé pour la première fois de ma vie ! s'écriait Lousteau.

— Enfin, tu t'en aperçois ! répondait-elle.

Lousteau proposa d'écrire une lettre où chacun d'eux expliquerait les raisons qui l'obligeraient à finir par un suicide ; et, avec cette lettre en sa possession, chacun d'eux pourrait tuer sans danger l'infidèle. Malgré leurs paroles échangées, ni l'un ni l'autre ils n'écrivirent leur lettre.

Heureux pour le moment, le journaliste se promettait de bien tromper Dinah quand il en serait las, et de tout sacrifier aux exigences de cette tromperie. Pour lui, madame de La Baudraye était toute une fortune. Néanmoins, il subit un joug. En se mariant ainsi, madame de La Baudraye laissa voir et la noblesse de ses pensées, et cette puissance que donne le respect de soi-même. Dans cette intimité complète, où chacun dépose son masque, la jeune femme conserva de la pudeur, montra sa probité virile et cette force particulière aux ambitions qui faisait la base de son caractère. Aussi Lousteau conçut-il pour elle une involontaire estime. Devenue Parisienne, Dinah fut d'ailleurs supérieure à la plus charmante lorette : elle pouvait être amusante, dire des mots comme Malaga ; mais son instruction, les

habitudes de son esprit, ses immenses lectures lui permettaient
de généraliser son esprit ; tandis que les Schontz et les Florine
n'exercent le leur que sur un terrain très-circonscrit.

— Il y a chez Dinah, disait Étienne à Bixiou, l'étoffe
d'une Ninon et d'une Staël.

— Une femme chez qui l'on trouve une bibliothèque et
un sérail est bien dangereuse, répondait le railleur.

Une fois sa grossesse devenue visible, madame de La
Baudraye résolut de ne plus quitter son appartement ; mais
avant de s'y renfermer, de ne plus se promener que dans la
campagne, elle voulut assister à la première représentation d'un
drame de Nathan. Cette espèce de solennité littéraire occupait
les deux mille personnes qui se croient tout Paris. Dinah, qui
n'avait jamais vu de première représentation, éprouvait une
curiosité bien naturelle. Elle en était d'ailleurs arrivée à un tel
degré d'affection pour Lousteau qu'elle se glorifiait de sa faute ;
elle mettait une force sauvage à heurter le monde, elle voulait le
regarder en face sans détourner la tête. Elle fit une toilette ravissante, appropriée à son air souffrant, à la maladive morbidesse
de sa figure. Son teint pâli lui donnait une expression distin-
guée, et ses cheveux noirs en bandeaux faisaient encore ressortir
cette pâleur. Ses yeux gris étincelants semblaient plus beaux
cernés par la fatigue. Mais une horrible souffrance l'attendait.
Par un hasard assez commun, la loge donnée au journaliste,
aux premières, était à côté de celle louée par Anna Grossetête.
Ces deux amies intimes ne se saluèrent pas, et ne voulurent se
reconnaître ni l'une ni l'autre.

Après le premier acte, Lousteau quitta sa loge et y laissa Dinah seule, exposée au feu de tous les regards, à la clarté
de tous les lorgnons, tandis que la baronne de Fontaine et la
comtesse Marie de Vandenesse, venue avec Anna, reçurent
quelques-uns des hommes les plus distingués du grand
monde. La solitude où restait Dinah fut un supplice d'autant
plus grand, qu'elle ne sut pas se faire une contenance avec sa
lorgnette en examinant les loges, elle eut beau prendre une pose
noble et pensive, laisser son regard dans le vide, elle se sentait
trop le point de mire de tous les yeux ; elle ne put cacher sa

préoccupation, elle fut un peu provinciale, elle étala son mouchoir, elle fit convulsivement des gestes qu'elle s'était interdits. Enfin, dans l'entr'acte du second au troisième acte, un homme se fit ouvrir la loge de Dinah ! Monsieur de Clagny se montra respectueux, mais triste.

— Je suis heureuse de vous voir pour vous exprimer tout le plaisir que m'a causé votre promotion, dit-elle.

— Eh ! madame, pour qui suis-je venu à Paris ?...

— Comment ? dit-elle. Serais-je donc pour quelque chose dans votre nomination ?

— Pour tout. Dès que vous n'avez plus habité Sancerre, Sancerre m'est devenu insupportable, j'y mourais...

Dinah tendit la main au Substitut.

— Votre amitié sincère me fait du bien, dit-elle. Je suis dans une situation à choyer mes vrais amis, maintenant je sais quel est leur prix... Je croyais avoir perdu votre estime ; mais le témoignage que vous m'en donnez par votre visite me touche plus que vos dix ans d'attachement.

— Vous êtes le sujet de la curiosité de toute la salle, reprit le Substitut. Ah ! chère, était-ce là votre rôle ? Ne pouviez-vous pas être heureuse et rester honorée ? Je viens d'entendre dire que vous êtes la maîtresse de monsieur Étienne Lousteau, que vous vivez ensemble maritalement !... Vous avez rompu pour toujours avec la Société, même pour le temps où, si vous épousiez votre amant, vous auriez besoin de cette considération que vous méprisez aujourd'hui... Ne devriez-vous pas être chez vous, avec votre mère qui vous aime assez pour vous couvrir de son égide ; au moins les apparences seraient gardées...

— J'ai le tort d'être ici, répondit-elle, voilà tout. J'ai dit adieu sans retour à tous les avantages que le monde accorde aux femmes qui savent accommoder leur bonheur avec les convenances. Mon abnégation est si complète que j'aurais voulu tout abattre autour de moi pour faire de mon amour un vaste désert plein de Dieu, de *lui*, et de moi... Nous nous sommes fait l'un à l'autre trop de sacrifices pour ne pas être unis ; unis par la honte, si vous voulez, mais indissolublement unis... Je suis heureuse, et si heureuse que je puis vous aimer à mon aise, en ami, vous donner plus de confiance que par le passé ; car maintenant il me faut un ami !...

Le magistrat fut vraiment grand et même sublime. A cette déclaration où vibrait l'âme de Dinah, il répondit d'un son de voix déchirant : — Je voudrais aller vous voir afin de savoir si vous êtes aimée... je serais tranquille, votre avenir ne m'effrayerait plus... Votre ami comprendra-t-il la grandeur de vos sacrifices, et y a-t-il de la reconnaissance dans son amour ?...

— Venez rue des Martyrs, et vous verrez !

— Oui, j'irai, dit-il. J'ai déjà passé devant la porte sans oser vous demander. Vous ne connaissez pas encore la littérature, reprit-il. Certes, il s'y trouve de glorieuses exceptions ; mais ces gens de lettres traînent avec eux des maux inouïs, parmi lesquels je compte en première ligne la publicité qui flétrit tout ! Une femme commet une faute avec...

— Un Procureur du Roi, dit la baronne en souriant.

— Eh ! bien, après une rupture, il y a quelques ressources, le monde n'a rien su ; mais avec un homme plus ou moins célèbre, le public a tout appris. Eh ! tenez... quel exemple vous en avez là, sous les yeux. Vous êtes dos à dos avec la comtesse Marie de Vandenesse qui a failli faire les dernières folies pour un homme plus célèbre que Lousteau, pour Nathan, et les voilà séparés à ne pas se reconnaître... Après être allée au bord de l'abîme, la comtesse a été sauvée on ne sait comment, elle n'a quitté ni son mari, ni sa maison ; mais comme il s'agissait d'un homme célèbre, on a parlé d'elle pendant tout un hiver. Sans la grande fortune, le grand nom et la position de son mari, sans l'habileté de la conduite de cet homme d'État qui s'est montré, dit-on, excellent pour sa femme, elle eût été perdue : à sa place, toute autre femme n'aurait pu rester honorée comme elle l'est...

— Comment était Sancerre quand vous l'avez quitté ? dit madame de La Baudraye pour changer la conversation.

— Monsieur de La Baudraye a dit que votre tardive grossesse exigeait que vos couches se fissent à Paris, et qu'il avait exigé que vous y allassiez pour y avoir les soins des princes de la médecine, répondit le Substitut en devinant bien ce que Dinah voulait savoir. Ainsi, malgré le tapage qu'a fait votre départ, jusqu'à ce soir vous étiez encore dans la *légalité*.

— Ah ! s'écria-t-elle, monsieur de La Baudraye conserve encore des espérances ?

— Votre mari, madame, a fait comme toujours : il a calculé.

Le magistrat quitta la loge en voyant le journaliste y entrer, et il le salua dignement.

— Tu as plus de succès que la pièce, dit Étienne à Dinah.

Ce court moment de triomphe apporta plus de joie à cette femme qu'elle n'en avait eu pendant toute sa vie en province ; mais, en sortant du théâtre, elle était pensive.

— Qu'as-tu ; ma Didine ? demanda Lousteau.

— Je me demande comment une femme peut dompter le monde ?

— Il y a deux manières : être madame de Staël, ou posséder deux cent mille francs de rentes !

— La Société, dit-elle, nous tient par la vanité, par l'envie de paraître... Bah ! nous serons philosophes !

Cette soirée fut le dernier éclair de l'aisance trompeuse où madame de La Baudraye vivait depuis son arrivée à Paris. Trois jours après, elle aperçut des nuages sur le front de Lousteau qui tournait dans son jardinet autour du gazon en fumant un cigare. Cette femme, à qui les mœurs du petit La Baudraye avaient communiqué l'habitude et le plaisir de ne jamais rien devoir, apprit que son ménage était sans argent en présence de deux termes de loyer, à la veille enfin d'un *commandement !* Cette réalité de la vie parisienne entra dans le cœur de Dinah comme une épine ; elle se repentit d'avoir entraîné Lousteau dans les dissipations de l'amour. Il est si difficile de passer du plaisir au travail que le bonheur a dévoré plus de poésies que le malheur n'en a fait jaillir en jets lumineux. Heureuse de voir Étienne nonchalant, fumant un cigare après son déjeuner, la figure épanouie, étendu comme un lézard au soleil, jamais Dinah ne se sentit le courage de se faire l'huissier d'une Revue. Elle inventa d'engager, par l'entremise du sieur Migeon, père de Paméla, le peu de bijoux qu'elle possédait, et sur lesquels *ma tante*, car elle commençait à parler la langue du quartier, lui prêta neuf cents francs. Elle garda trois cents francs pour sa layette, pour les frais de ses couches, et remit joyeusement la somme due à Lousteau qui labourait sillon à sillon, ou si voulez, ligne à ligne, une Nouvelle pour une Revue.

— Mon petit chat, lui dit-elle, achève ta Nouvelle sans rien sacrifier à la nécessité, polis ton style, creuse ton sujet. J'ai trop fait la dame, je vais faire la bourgeoise et tenir le ménage.

Depuis quatre mois, Étienne menait Dinah au café Riche dîner dans un cabinet qu'on leur réservait. La femme de province fut épouvantée en apprenant qu'Étienne y devait cinq cents francs pour les derniers quinze jours.

— Comment, nous buvions du vin à six francs la bouteille ! une sole normande coûte cent sous !... un petit pain vingt centimes !... s'écria-t-elle en lisant la note que lui tendit le journaliste.

— Mais, être volé par un restaurateur ou par une cuisinière, il y a peu de différence pour nous autres, dit Lousteau.

— Tu vivras comme un prince pour le prix de ton dîner.

Après avoir obtenu du propriétaire une cuisine et deux chambres de domestiques, madame de La Baudraye écrivit un mot à sa mère en lui demandant du linge et un prêt de mille francs. Elle reçut deux malles de linge, de l'argenterie, deux mille francs par une cuisinière honnête et dévote que sa mère lui envoyait.

Dix jours après la représentation où ils s'étaient rencontrés, monsieur de Clagny vint voir madame de La Baudraye à quatre heures, en sortant du Palais, et il la trouva brodant un petit bonnet. L'aspect de cette femme si fière, si ambitieuse, dont l'esprit était si cultivé, qui trônait si bien dans le château d'Anzy, descendue à des soins de ménage et cousant pour l'enfant à venir, émut le pauvre magistrat qui sortait de la Cour d'Assises. En voyant des piqûres à l'un de ces doigts tournés en fuseau qu'il avait baisés, il comprit que madame de La Baudraye ne faisait pas de cette occupation un jeu de l'amour maternel. Pendant cette première entrevue, le magistrat lut dans l'âme de Dinah. Cette perspicacité chez un homme épris était un effort surhumain. Il devina que Didine voulait se faire le bon génie du journaliste, le mettre dans une noble voie ; elle avait conclu des difficultés de la vie matérielle à quelque désordre moral. Entre deux êtres unis par un amour, si vrai d'une part et si bien joué de l'autre, plus d'une confidence s'était échangée en quatre mois. Malgré le soin avec lequel Étienne se drapait, plus d'une parole avait éclairé Dinah sur les antécédents de ce garçon dont le talent fut si comprimé par la misère, si perverti par le mauvais exemple, si contrarié par des difficultés au-dessus de son courage. Il grandira dans l'aisance, s'était-elle dit. Et elle voulait lui donner le bonheur, la sécurité du chez soi, par l'économie et par l'ordre familiers aux gens nés en province. Dinah devint femme de ménage comme elle était devenue poète, par un élan de son âme vers les sommets.

— Son bonheur sera mon absolution.

Cette parole, arrachée par le magistrat à madame de La Baudraye, expliquait l'état actuel des choses. La publicité donnée par Étienne à son triomphe le jour de la première représentation avait assez mis à nu aux yeux du magistrat les intentions du journaliste. Pour Étienne, madame de La Baudraye était, selon une expression anglaise, une assez belle plume à son bonnet. Loin de goûter les charmes d'un amour mystérieux et timide, de cacher à toute la terre un si grand bonheur, il éprouvait une jouissance de parvenu à se parer de la première femme comme il faut qui l'honorait de son amour. Néanmoins le Substitut fut pendant quelque temps la dupe des soins que tout homme prodigue à une femme dans la situation où se trouvait madame de La Baudraye, et que Lousteau rendait charmants par des câlineries particulières aux hommes dont les manières sont nativement agréables. Il y a des hommes, en effet, qui naissent un peu singes, chez qui l'imitation des plus charmantes choses du sentiment est si naturelle, que le comédien ne se sent plus, et les dispositions naturelles du Sancerrois avaient été très-développées sur le théâtre où jusqu'alors il avait vécu.

Entre le mois d'avril et le mois de juillet, moment où Dinah devait accoucher, elle devina pourquoi Lousteau n'avait pas vaincu la misère : il était paresseux et manquait de volonté. Certainement le cerveau n'obéit qu'à ses propres lois ; il ne reconnaît ni les nécessités de la vie, ni les commandements de l'honneur. On ne produit pas une belle œuvre parce qu'une femme expire, ou pour payer des dettes déshonorantes, ou pour nourrir des enfants. Néanmoins il n'existe pas de grand talent sans une grande volonté. Ces deux forces jumelles sont nécessaires à la construction de l'immense édifice d'une gloire. Les hommes d'élite maintiennent leur cerveau dans les conditions de la production, comme jadis un preux avait ses armes toujours en état. Ils domptent la paresse, ils se refusent aux plaisirs énervants, ou n'y cèdent qu'avec une mesure indiquée par l'étendue de leurs facultés : ainsi s'expliquent Scribe, Rossini, Walter Scott, Cuvier, Voltaire, Newton, Buffon, Bayle, Bossuet, Leibnitz, Lope de Véga, Calderon, Boccace, l'Aretin, Aristote, enfin tous les gens qui divertissent, régentent ou conduisent leur époque. La volonté peut et doit être un sujet d'orgueil bien plus que le talent. Si le talent a son germe dans une prédisposition cultivée, le vouloir est une conquête faite à tout moment sur les instincts, sur les goûts domptés, refoulés, sur les fantaisies et les entraves vaincues, sur les difficultés de tout genre héroïquement surmontées.

L'abus du cigare entretenait la paresse de Lousteau. Si le tabac endort le chagrin, il engourdit infailliblement l'énergie. Tout ce que le cigare éteignait au physique, la Critique l'annihilait au moral chez ce garçon si facile au plaisir. La Critique est funeste au critique comme le Pour et le Contre à l'avocat. A ce métier, l'esprit se fausse, l'intelligence perd sa lucidité rectiligne. L'Écrivain n'existe que par des partis pris. Aussi doit-on distinguer deux Critiques, de même que, dans la peinture, on reconnaît l'Art et le Métier. Critiquer à la manière de la plupart des feuilletonistes actuels, c'est exprimer des jugements tels quels d'une façon plus ou moins spirituelle, comme un avocat plaide au Palais les causes les plus contradictoires. Les journalistes bons enfants trouvent toujours un thème à développer

dans l'œuvre qu'ils analysent. Ainsi fait, ce métier convient
aux esprits paresseux, aux gens dépourvus de la faculté sublime
d'imaginer, ou qui, la possédant, n'ont pas le courage de la
cultiver. Toute pièce de théâtre, tout livre devient sous leurs
plumes un sujet qui ne coûte aucun effort à leur imagination, et
dont le compte-rendu s'écrit, ou moqueur ou sérieux, au gré des
passions du moment. Quant au jugement, quel qu'il soit, il est
toujours justifiable avec l'esprit français qui se prête admirablement au Pour et au Contre. La conscience est si peu consultée,
ces *bravi* tiennent si peu à leur avis, qu'ils vantent dans un foyer
de théâtre l'œuvre qu'ils déchirent dans leurs articles. On en a
vu passant, au besoin, d'un journal à un autre sans prendre la
peine d'objecter que les opinions du nouveau feuilleton doivent
être diamétralement opposées à celles de l'ancien. Bien plus,
madame de La Baudraye souriait en voyant faire à Lousteau
un article dans le sens légitimiste et un article dans le sens dy-
nastique sur un même événement. Elle applaudissait à cette
maxime dite par lui : — Nous sommes les Avoués de l'opinion
publique !... L'autre Critique est toute une science, elle exige
une compréhension complète des œuvres, une vue lucide sur
les tendances d'une époque, l'adoption d'un système, une foi
dans certains principes ; c'est-à-dire une jurisprudence, un rapport, un arrêt. Ce critique devient alors le magistrat des idées, le
censeur de son temps, il exerce un sacerdoce ; tandis que l'autre
est un acrobate qui fait des tours pour gagner sa vie, tant qu'il
a des jambes. Entre Claude Vignon et Lousteau, se trouvait la
distance qui sépare le Métier de l'Art.

Dinah, dont l'esprit se dérouilla promptement et dont
l'intelligence avait de la portée, eut bientôt jugé littérairement
son idole. Elle vit Lousteau travaillant au dernier moment, sous
les exigences les plus déshonorantes, et *lâchant*, comme disent
les peintres d'une œuvre où manque *le faire* ; mais elle le justi-
fiait en se disant : — C'est un poète ! tant elle avait besoin de
se justifier à ses propres yeux. En devinant ce secret de la vie
littéraire de bien des gens, elle devina que la plume de Lousteau
ne serait jamais une ressource. L'amour lui fit alors entreprendre
des démarches auxquelles elle ne serait jamais descendue pour

elle-même. Elle entama par sa mère des négociations avec son mari pour en obtenir une pension, mais à l'insu de Lousteau dont la délicatesse devait, dans ses idées, être ménagée.

Quelques jours avant la fin de juillet, Dinah froissa de colère la lettre où sa mère lui rapportait la réponse définitive du petit La Baudraye.

« Madame de La Baudraye n'a pas besoin de pension à Paris quand elle a la plus belle existence du monde à son château d'Anzy : qu'elle y vienne ! »

Lousteau ramassa la lettre et la lut.

— Je nous vengerai, dit-il à madame de La Baudraye de ce ton sinistre qui plaît tant aux femmes quand on caresse leurs antipathies.

Cinq jours après, Bianchon et Duriau, le célèbre accoucheur, étaient établis chez Lousteau qui, depuis la réponse du petit La Baudraye, étalait son bonheur et faisait du faste à propos de l'accouchement de Dinah. Monsieur de Clagny et madame Piédefer, arrivée en hâte, étaient les parrain et marraine de l'enfant attendu, car le prévoyant magistrat craignit de voir commettre quelque faute grave à Lousteau. Madame de La Baudraye eut un garçon à faire envie aux reines qui veulent un héritier présomptif. Bianchon, accompagné de monsieur de Clagny, alla faire inscrire cet enfant à la Mairie comme fils de monsieur et de madame de La Baudraye, à l'insu d'Étienne qui, de son côté, courait à une imprimerie faire composer ce billet :

Madame la baronne de La Baudraye est heureusement accouchée d'un garçon.

Monsieur Étienne Lousteau a le plaisir de vous en faire part.

La mère et l'enfant se portent bien.

Un premier envoi de soixante billets avait été fait par Lousteau, quand monsieur de Clagny, qui venait savoir des nouvelles de l'accouchée, aperçut la liste des personnes de Sancerre à qui Lousteau se proposait d'envoyer ce curieux billet de faire part, écrite au-dessous des soixante Parisiens qui l'allaient recevoir. Le Substitut saisit la liste et le reste des billets, il les montra d'abord à madame Piédefer en lui disant de ne pas souffrir que Lousteau recommençât cette infâme plaisanterie, et il se jeta dans un cabriolet. Le dévoué magistrat commanda chez le même imprimeur un autre billet ainsi conçu :

Madame la baronne de La Baudraye est heureusement accouchée d'un garçon.

Monsieur le baron Melchior de La Baudraye a l'honneur de vous en faire part.

La mère et l'enfant se portent bien.

Après avoir fait détruire épreuves, composition, tout ce qui pouvait attester l'existence du premier billet, monsieur de Clagny se mit en course pour intercepter les billets partis ; il en substitua beaucoup chez les portiers, il obtint la restitution d'une trentaine ; enfin, après trois jours de courses, il n'existait plus qu'un seul billet de faire part, celui de Nathan. Le Substitut était revenu cinq fois chez cet homme célèbre sans pouvoir le rencontrer. Quand, après avoir demandé un rendez-vous, monsieur de Clagny fut reçu, l'anecdote du billet de faire part avait couru dans Paris ; les uns la prenaient pour une de ces spirituelles calomnies, espèce de plaie à laquelle sont sujettes toutes les réputations, même les éphémères ; les autres affirmaient avoir lu le billet et l'avoir rendu à un ami de la famille La Baudraye ; beaucoup de gens déblatéraient contre l'immoralité des journalistes, en sorte que le dernier billet existant était devenu comme une curiosité. Florine, avec qui Nathan vivait, l'avait montré timbré de la poste, affranchi par la poste, et portant l'adresse écrite par Étienne. Aussi, quand le Substitut eut parlé du billet de faire part, Nathan se mit-il à sourire.

— Vous rendre ce monument d'étourderie et d'enfantillage ? s'écria-t-il. Cet autographe est une de ces armes dont ne doit pas se priver un athlète dans le cirque. Ce billet prouve que Lousteau manque de cœur, de bon goût, de dignité, qu'il ne connaît ni le monde, ni la morale publique, qu'il s'insulte lui-même quand il ne sait plus qui insulter... Il n'y a que le fils d'un bourgeois venu de Sancerre pour être un poète et qui devient le *bravo* de la première Revue venue, qui puisse envoyer un pareil billet de faire part ! Convenez-en ? ceci, monsieur, est une pièce nécessaire aux archives de notre époque... Aujourd'hui Lousteau

me caresse, demain il pourra demander ma tête... Ah ! pardon
de cette plaisanterie, je ne pensais pas que vous êtes Substitut.
J'ai eu dans le cœur une passion pour une grande dame, et aussi
supérieure à madame de La Baudraye que votre délicatesse, à
vous, monsieur, est au-dessus de la gaminerie de Lousteau ;
mais je serais mort avant d'avoir prononcé son nom... Quelques
mois de ses gentillesses et de minauderies m'ont coûté cent
mille francs et mon avenir ; mais je ne les trouve pas trop chèrement payés !.. Et je ne me suis jamais plaint !... Que les femmes
trahissent le secret de leur passion, c'est leur dernière offrande
à l'amour ; mais que ce soit nous... il faut être bien Lousteau
pour ça ! Non, pour mille écus je ne donnerais pas ce papier.

— Monsieur, dit enfin le magistrat après une lutte ora-
toire d'une demi-heure, j'ai vu à ce sujet quinze ou seize lit-
térateurs, et vous seriez le seul inaccessible à des sentiments
d'honneur ?... Il ne s'agit pas ici d'Étienne Lousteau, mais d'une
femme et d'un enfant qui l'un et l'autre ignorent le tort qu'on
leur fait dans leur fortune, dans leur avenir, dans leur honneur.
Qui sait, monsieur, si vous ne serez pas obligé de demander à la
justice quelque bienveillance pour un ami, pour une personne à
l'honneur de laquelle vous tiendrez plus qu'au vôtre ? la justice
pourra se souvenir que vous avez été impitoyable... Un homme
comme vous peut-il hésiter ? dit le magistrat.

— J'ai voulu vous faire sentir tout le prix de mon sacrifice ! répondit alors Nathan qui livra le billet en pensant à la
position du magistrat et acceptant cette espèce de marché.

Quand la sottise du journaliste eut été réparée, monsieur
de Clagny vint lui faire une semonce en présence de madame
Piédefer ; mais il trouva Lousteau très-irrité de ces démarches.

— Ce que je faisais, monsieur, répondit Étienne, était
fait avec intention. Monsieur de La Baudraye a soixante mille
francs de rentes, et refuse une pension à sa femme ; je voulais
lui faire sentir que j'étais le maître de cet enfant.

— Eh ! monsieur, je vous ai bien deviné, répondit le
magistrat. Aussi me suis-je empressé d'accepter le parrainage du
petit Melchior, il est inscrit à l'État-Civil comme fils du baron

et de la baronne de La Baudraye, et, si vous avez des entrailles de père, vous devez être joyeux de savoir cet enfant héritier d'un des plus beaux majorats de France.

— Eh ! monsieur, la mère doit-elle mourir de faim ?

— Soyez tranquille, monsieur, dit amèrement le magistrat qui avait fait sortir du cœur de Lousteau l'expression du sentiment dont la preuve était depuis si long-temps attendue, je me charge de cette négociation avec monsieur de La Baudraye.

Et monsieur de Clagny sortit la mort dans le cœur : Dinah, son idole, était aimée par intérêt ! N'ouvrirait-elle pas les yeux trop tard ? — Pauvre femme ! se disait le magistrat en s'en allant.

Rendons-lui cette justice, car à qui la rendrait-on si ce n'est à un Substitut ? il aimait trop sincèrement Dinah pour voir dans l'avilissement de cette femme un moyen d'en triompher un jour, il était tout compassion, tout dévouement : il aimait.

Les soins exigés pour la nourriture de l'enfant, les cris de l'enfant, le repos nécessaire à la mère pendant les premiers jours, la présence de madame Piédefer, tout conspirait si bien contre les travaux littéraires, que Lousteau s'installa dans les trois chambres louées au premier étage pour la vieille dévote. Le journaliste obligé d'aller aux premières représentations sans Dinah, et séparé d'elle la plupart du temps, trouva je ne sais quel attrait dans l'exercice de sa liberté. Plus d'une fois il se laissa prendre sous le bras et entraîner dans une joyeuse partie. Plus d'une fois il se retrouva chez la lorette d'un ami dans le milieu de la Bohême. Il revoyait des femmes d'une jeunesse éclatante, mises splendidement, et à qui l'économie apparaissait comme une négation de leur jeunesse et de leur pouvoir. Dinah, malgré la beauté merveilleuse qu'elle montra dès son troisième mois de nourriture, ne pouvait soutenir la comparaison avec ces fleurs sitôt fanées, mais si belles pendant le moment où elles vivent les pieds dans l'opulence. Néanmoins la vie de ménage eut de grands attraits pour Étienne. En trois mois, la mère et la fille, aidées par la cuisinière venue de Sancerre et par la petite Paméla, donnèrent à l'appartement un aspect tout nouveau. Le journaliste y trouva son déjeuner, son dîner servis avec une sorte de

luxe. Dinah, belle et bien mise, avait soin de prévenir les goûts
de son cher Étienne, qui se sentit le roi du logis où tout jusqu'à
l'enfant fut subordonné, pour ainsi dire, à son égoïsme. La tendresse de Dinah éclatait dans les plus petites choses, il fut donc
impossible à Lousteau de ne pas lui continuer les charmantes
tromperies de sa passion feinte. Cependant Dinah prévit dans
la vie extérieure où Lousteau se laissait engager, une cause de
ruine et pour son amour et pour le ménage. Après dix mois de
nourriture, elle sevra son fils, remit sa mère dans l'appartement
d'Étienne, et rétablit cette intimité qui lie indissolublement
un homme à une femme quand une femme est aimante et
spirituelle. Un des traits les plus saillants de la Nouvelle due
à Benjamin Constant, et l'une des explications de l'abandon
d'Ellénore est ce défaut d'intimité journalière ou nocturne, si
vous voulez, entre elle et Adolphe. Chacun des deux amants
a son chez soi, l'un et l'autre ont obéi au monde, ils ont gardé
les apparences. Ellénore, périodiquement quittée, est obligée
à d'énormes travaux de tendresse pour chasser les pensées de
liberté qui saisissent Adolphe au dehors. Le perpétuel échange
des regards et des pensées dans la vie en commun donne de
telles armes aux femmes que, pour les abandonner, un homme
doit objecter des raisons majeures qu'elles ne fournissent jamais
tant qu'elles aiment.

Ce fut tout une nouvelle période et pour Étienne et pour
Dinah. Dinah voulut être nécessaire, elle voulut rendre de
l'énergie à cet homme dont la faiblesse lui souriait, elle y voyait
des garanties. Elle lui trouva des sujets, elle lui en dessina les
canevas ; et, au besoin, elle lui écrivit des chapitres entiers. Elle
rajeunit les veines de ce talent à l'agonie par un sang frais, elle
lui donna ses idées, ses jugements ; enfin, elle fit deux livres
qui eurent du succès. Plus d'une fois elle sauva l'amour-propre
d'Étienne au désespoir de se sentir sans idées, en lui dictant,
lui corrigeant, ou lui finissant ses feuilletons. Le secret de cette
collaboration fut inviolablement gardé : madame Piédefer n'en
sut rien. Ce galvanisme moral fut récompensé par un surcroît
de recettes qui permit au ménage de bien vivre jusqu'à la fin de
l'année 1838. Lousteau s'habituait à voir sa besogne faite par

Dinah, et il la payait, comme dit le peuple dans son langage énergique, *en monnaie de singe*. Ces dépenses du dévouement deviennent un trésor auquel les âmes généreuses s'attachent. Il y eut un moment où Lousteau coûtait trop à Dinah pour qu'elle pût jamais renoncer à lui. Mais elle eut une seconde grossesse. L'année fut terrible à passer. Malgré les soins des deux femmes, Lousteau contracta des dettes ; il excéda ses forces pour les payer par son travail pendant les couches de Dinah qui le trouva héroïque, tant elle le connaissait bien ! Après cet effort, épouvanté d'avoir deux femmes, deux enfants, deux domestiques, il se regarda comme incapable de lutter avec sa plume pour soutenir une famille, quand lui seul n'avait pu vivre. Il laissa donc les choses aller à l'aventure. Ce féroce calculateur outra la comédie de l'amour chez lui pour avoir au dehors plus de liberté. La fière Dinah soutint le fardeau de cette existence à elle seule. Cette pensée : *il* m'aime ! lui donna des forces surhumaines. Elle travailla comme travaillent les plus vigoureux talents de cette époque. Au risque de perdre sa fraîcheur et sa santé, Didine fut pour Lousteau ce que fut mademoiselle Delachaux pour Gardane dans le magnifique conte vrai de Diderot. Mais en se sacrifiant elle-même, elle commit la faute sublime de sacrifier sa toilette ; elle fit reteindre ses robes, elle ne porta plus que du noir.

— Elle pua le noir, comme disait Malaga qui se moquait beaucoup de Lousteau.

Vers la fin de l'année 1839, Étienne, à l'instar de Louis XV, en était arrivé, par d'insensibles capitulations de conscience, à établir une distinction entre sa bourse et celle de son ménage, comme Louis XV distinguait entre son trésor secret et sa cassette. Le misérable trompa Dinah sur le montant des recettes. En s'apercevant de ces lâchetés, madame de La Baudraye eut d'atroces souffrances de jalousie. Elle voulut mener de front la vie du monde et la vie littéraire, elle accompagna le journaliste à toutes les premières représentations, et surprit chez lui des mouvements d'amour-propre offensé. Le noir de la toilette déteignait sur lui, rembrunissait sa physionomie, et le rendait parfois brutal. Jouant, dans son ménage, le rôle de la femme, il en eut les féroces exigences : il reprochait à Dinah le peu de fraîcheur de sa mise, tout en profitant de ce sacrifice qui coûte tant à une maîtresse ; absolument comme une femme qui, après vous avoir ordonné de passer par un égout pour lui sauver l'honneur, vous dit : Je n'aime pas la boue ! quand vous en sortez.

Dinah ramassa les guides jusqu'alors assez flottantes de la domination que toutes les femmes spirituelles exercent sur les gens sans volonté ; mais à cette manœuvre elle perdit beaucoup de son lustre moral : les soupçons qu'elle laissa voir attirent aux femmes des querelles où le manque de respect commence, parce qu'elles descendent elles-mêmes de la hauteur à laquelle elles se sont primitivement placées. Puis elle fit des concessions. Ainsi Lousteau put recevoir plusieurs de ses amis, Nathan, Bixiou, Blondet, Finot dont les manières, les discours, le contact étaient dépravants. On essaya de persuader à madame de La Baudraye que ses principes, ses répugnances étaient un reste de pruderie provinciale. Enfin on lui prêcha le code de la supériorité féminine. Bientôt sa jalousie donna des armes contre elle. Au carnaval de 1840, elle se déguisait, allait au bal de l'opéra, faisait quelques soupers afin de suivre Étienne dans tous ses amusements.

Le jour de la Mi-Carême, ou plutôt le lendemain, à huit heures du matin, Dinah déguisée arrivait du bal pour se coucher. Elle était allée épier Lousteau qui, la croyant malade, avait disposé de sa mi-carême en faveur de Fanny Beaupré. Le journaliste, prévenu par un ami, s'était comporté de manière à tromper la pauvre femme, qui ne demandait pas mieux que d'être trompée. En descendant de sa citadine, Dinah rencontra monsieur de La Baudraye, à qui le portier la désigna. Le petit vieillard dit froidement à sa femme en la prenant par le bras :
— Est-ce vous, madame ?...

Cette apparition du pouvoir conjugal devant lequel elle se trouvait si petite, et surtout ce mot glaça presque le cœur à cette pauvre créature surprise en débardeur. Pour mieux échapper à l'attention d'Étienne, elle avait pris le déguisement sous lequel il ne la chercherait point. Elle profita de ce qu'elle était encore masquée pour se sauver sans répondre, alla se déshabiller, et monta chez sa mère où l'attendait monsieur de La Baudraye. Malgré son air digne, elle rougit en présence du petit vieillard.

— Que voulez-vous de moi, monsieur ? dit-elle. Ne sommes-nous pas à jamais séparés ?...

— De fait, oui, répondit monsieur de La Baudraye ; mais légalement, non...

Madame Piédefer faisait des signes à sa fille que Dinah finit par apercevoir.

— Il n'y a que vos intérêts qui puissent vous amener ici, dit-elle avec amertume.

— Nos intérêts, répondit froidement le petit homme, car nous avons des enfants... Votre oncle Silas Piédefer est mort à New-York, où, après avoir fait et perdu plusieurs fortunes dans divers pays, il a fini par laisser quelque chose comme sept à huit cent mille francs, on dit douze cent mille francs ; mais il s'agit de réaliser des marchandises... Je suis le chef de la communauté, j'exerce vos droits.

— Oh ! s'écria Dinah, en tout ce qui concerne les affaires, je n'ai de confiance qu'en monsieur de Clagny ; il connaît les lois, entendez-vous avec lui ; ce qui sera fait par lui sera bien fait.

— Je n'ai pas besoin de monsieur de Clagny, dit monsieur de La Baudraye, pour vous retirer mes enfants...

— Vos enfants ! s'écria Dinah, vos enfants à qui vous n'avez pas envoyé une obole ! vos enfants !...

Elle n'ajouta rien qu'un immense éclat de rire ; mais l'impassibilité du petit La Baudraye jeta de la glace sur cette explosion.

— Madame votre mère vient de me les montrer, ils sont charmants, je ne veux pas me séparer d'eux, et je les emmène à notre château d'Anzy, dit monsieur de La Baudraye quand ce ne serait que pour leur éviter de voir leur mère déguisée comme se déguisent les...

— Assez ! dit impérieusement madame de La Baudraye. Que vouliez-vous de moi en venant ici ?...

— Une procuration pour recueillir la succession de notre oncle Silas...

Dinah prit une plume, écrivit deux mots à monsieur de Clagny et dit à son mari de revenir le soir. A cinq heures, l'Avocat-Général, monsieur de Clagny avait eu de l'avancement, éclaira madame de la Baudraye sur sa position ; mais il se chargea de la régulariser en faisant un compromis avec le petit vieillard, que l'avarice avait amené. Monsieur de La Baudraye, à qui la procuration de sa femme était nécessaire pour agir à sa guise, l'acheta par les concessions suivantes : il s'engagea d'abord à faire à sa femme une pension de dix mille francs tant qu'il lui conviendrait, fut-il dit dans l'acte, de vivre à Paris ; mais, à mesure que les enfants atteindraient à l'âge de six ans, ils seraient remis à monsieur de La Baudraye. Enfin le magistrat obtint le paiement préalable d'une année de la pension. Le petit La Baudraye vint dire adieu galamment à sa femme et à ses enfants, il se montra vêtu d'un petit paletot blanc en caoutchouc. Il était si ferme sur ses jambes et si semblable au La Baudraye de 1836, que Dinah désespéra d'enterrer jamais ce terrible nain.

Du jardin où il fumait un cigare, le journaliste vit monsieur de La Baudraye pendant le temps que cet insecte mit à traverser la cour ; mais ce fut assez pour Lousteau : il lui parut évident que le petit homme avait voulu détruire toutes les espérances que sa mort pouvait inspirer à sa femme. Cette scène si rapide changea beaucoup les dispositions de son cœur et de son esprit. En fumant un second cigare, il se mit à réfléchir à sa position. La vie en commun qu'il menait avec la baronne de La Baudraye lui avait jusqu'à présent coûté tout autant d'argent qu'à elle. Pour se servir d'une expression commerciale, les comptes se balançaient à la rigueur. Eu égard à son peu de fortune, à la peine avec laquelle il gagnait son argent, Lousteau se regardait moralement comme le créancier. Assurément, l'heure était favorable pour quitter cette femme. Fatigué de jouer depuis environ trois ans une comédie qui ne devient jamais une habitude, il déguisait perpétuellement son ennui. Ce garçon, habitué à ne rien dissimuler, s'imposait au logis un sourire semblable à celui du débiteur devant son créancier. Cette obligation lui devenait de jour en jour plus pénible. Jusqu'alors l'intérêt immense que présentait l'avenir lui avait donné des forces, mais quand il vit le petit La Baudraye partant aussi lestement pour les États-Unis que s'il s'agissait d'aller à Rouen par les bateaux à vapeur, il ne crut plus à l'avenir. Il rentra du jardin dans le salon élégant où Dinah venait de recevoir les adieux de son mari.

— Étienne, dit madame de La Baudraye, sais-tu ce que mon seigneur et maître vient de me proposer ? Dans le cas où il me plairait d'habiter Anzy pendant son absence, il a donné ses ordres, et il espère que les bons conseils de ma mère me décideront à y revenir avec mes enfants...

— Le conseil est excellent, répondit sèchement Lousteau qui connaissait assez Dinah pour savoir la réponse passionnée qu'elle mendiait d'ailleurs par un regard.

Ce ton, l'accent, le regard indifférent, tout frappa si durement cette femme qui vivait uniquement par son amour, qu'elle laissa couler de ses yeux le long de ses joues deux grosses larmes sans répondre, et Lousteau ne s'en aperçut qu'au moment où elle prit son mouchoir pour essuyer ces deux perles de douleur.

— Qu'as-tu, Didine ? reprit-il atteint au cœur par cette vivacité de sensitive.

— Au moment où je m'applaudissais d'avoir conquis à jamais notre liberté, dit-elle, — au prix de ma fortune ! — en vendant — ce qu'une mère a de plus précieux — ses enfants !... — car il me les prend à l'âge de six ans — et, pour les voir, il faudra retourner à Sancerre ! — un supplice ! — ah ! mon Dieu ! qu'ai-je fait !

Lousteau se mit aux genoux de Dinah et lui baisa les mains en lui prodiguant ses plus caressantes chatteries.

— Tu ne me comprends pas, dit-il. Je me juge, et ne vaux pas tous ces sacrifices, mon cher ange. Je suis, littérairement parlant, un homme très-secondaire. Le jour où je ne pourrai plus faire la parade au bas d'un journal, les entrepreneurs de feuilles publiques me laisseront là, comme une vieille pantoufle qu'on jette au coin de la borne. Penses-y ? nous autres danseurs de corde, nous n'avons pas de pension de retraite ! Il se trouverait trop de gens de talent à pensionner, si l'État entrait dans cette voie de bienfaisance ! J'ai quarante-deux ans, je suis devenu paresseux comme une marmotte. Je le sens : mon amour (il lui baisa bien tendrement la main) ne peut que te devenir funeste. J'ai vécu, tu le sais, à vingt-deux ans avec Florine ; mais ce qui s'excuse au jeune âge, ce qui semble alors joli, charmant, est déshonorant à quarante ans. Jusqu'à présent, nous avons partagé le fardeau de notre existence, elle n'est pas belle depuis dix-huit mois. Par dévouement pour moi, tu t'es mise tout en noir, ce qui ne me fait pas honneur...

Dinah fit un de ces magnifiques mouvements d'épaule qui valent tous les discours du monde..

— Oui, dit Étienne en continuant, je le sais, tu sacrifies tout à mes goûts, même ta beauté. Et moi, le cœur usé dans les luttes, l'âme pleine de pressentiments mauvais sur mon avenir, je ne récompense pas ton suave amour par un amour égal. Nous avons été très-heureux, sans nuages, pendant long-temps... Eh ! bien, je ne veux pas voir mal finir un si beau poème, ai-je tort ?...

Madame de La Baudraye aimait tant Étienne, que cette sagesse digne de monsieur de Clagny lui fit plaisir, et sécha ses larmes.

— Il m'aime donc pour moi ! se dit-elle en le regardant avec un sourire dans les yeux.

Après ces quatre années d'intimité, l'amour de cette femme avait fini par réunir toutes les nuances découvertes par notre esprit d'analyse et que la société moderne a créées, un des hommes les plus remarquables de ce temps, dont la perte récente afflige encore les lettres, Beyle (Stendalh) les a, le premier, parfaitement caractérisées. Lousteau produisait sur Dinah cette vive commotion, explicable par le magnétisme, qui met en désarroi les forces de l'âme, de l'esprit et du corps, qui détruit tout principe de résistance chez les femmes. Un regard de Lousteau, sa main posée sur celle de Dinah la rendaient tout obéissance. Une parole douce, un sourire de cet homme fleurissaient l'âme de cette pauvre femme, émue ou attristée par la caresse ou par la froideur de ses yeux. Lorsqu'elle lui donnait le bras en marchant à son pas, dans la rue ou sur le boulevard, elle était si bien fondue en lui qu'elle perdait la conscience de son *moi*. Charmée par l'esprit, magnétisée par les manières de ce garçon, elle ne voyait que de légers défauts dans ses vices. Elle aimait les bouffées de cigare que le vent lui apportait du jardin dans la chambre, elle allait les respirer, elle n'en faisait pas une grimace, elle se cachait pour en jouir. Elle haïssait le libraire ou le directeur de journal qui refusait à Lousteau de l'argent en objectant l'énormité des avances déjà faites. Elle allait jusqu'à comprendre que ce bohémien écrivît une Nouvelle dont le prix était à recevoir, au lieu de la donner en paiement de l'argent reçu. Tel est sans doute le véritable amour, il comprend toutes les manières d'aimer : amour de cœur, amour de tête, amour-passion, amour-caprice, amour-goût, selon les définitions de Beyle. Didine aimait tant, qu'en certains moments où son sens critique, si juste, si continuellement exercé depuis son séjour à Paris, lui faisait voir clair dans l'âme de Lousteau, la sensation l'emportait sur la raison, et lui suggérait des excuses.

— Et moi, lui répondit-elle, que suis-je ? une femme qui s'est mise en dehors du monde. Quand je manque à l'honneur des femmes, pourquoi ne me sacrifierais-tu pas un peu de l'honneur des hommes ? Est-ce que nous ne vivons pas en dehors des conventions sociales ? Pourquoi ne pas accepter de moi ce que Nathan accepte de Florine ? nous compterons quand nous nous quitterons, et... tu sais !.. la mort seule nous séparera. Ton honneur, Étienne, c'est ma félicité ; comme le mien est ma constance et ton bonheur. Si je ne te rends pas heureux, tout est dit. Si je te donne une peine, condamne-moi. Nos dettes sont payées, nous avons dix mille francs de rentes, et nous gagnerons bien, à nous deux, huit mille francs par an... *Je ferai du théâtre !* Avec quinze cents francs par mois, ne serons-nous pas aussi riches que les Rostchild ? Sois tranquille. Maintenant j'aurai des toilettes délicieuses, je te donnerai tous les jours des plaisirs de vanité comme le jour de la première représentation de Nathan...

— Et ta mère qui va tous les jours à la messe, qui veut t'amener un prêtre et te faire renoncer à ton genre de vie.

— Chacun son vice. Tu fumes, elle me prêche, pauvre femme ! Mais elle a soin des enfants, elle les mène promener, elle est d'un dévouement absolu, elle m'idolâtre ; veux-tu l'empêcher de pleurer ?...

— Que dira-t-on de moi ?...

— Mais nous ne vivons pas pour le monde ! s'écria-t-elle en relevant Étienne et le faisant asseoir prés d'elle. D'ailleurs, nous serons un jour mariés... nous avons pour nous les chances de mer...

— Je n'y pensais pas, s'écria naïvement Lousteau qui se dit en lui-même : Il sera toujours temps de rompre au retour du petit La Baudraye.

A compter de cette journée, Lousteau vécut luxueusement. Dinah pouvait lutter, aux premières représentations, avec les femmes les mieux mises de Paris. Caressé par ce bonheur intérieur, Lousteau jouait avec ses amis, par fatuité, le personnage d'un homme excédé, ennuyé, ruiné par madame de La Baudraye.

— Oh ! combien j'aimerais l'ami qui me délivrerait de Dinah ! Mais personne n'y réussirait ! disait-il, elle m'aime à se jeter par la fenêtre si je le lui disais.

Le drôle se faisait plaindre, il prenait des précautions contre la jalousie de Dinah, quand il acceptait une partie. Enfin il commettait des infidélités sans vergogne. Quand monsieur de Clagny, vraiment désespéré de voir Dinah dans une situation si déshonorante, quand elle pouvait être si riche, si haut placée et au moment où ses primitives ambitions allaient être accomplies, arriva lui dire : — On vous trompe ! Elle répondit : — Je le sais !

Le magistrat resta stupide. Il retrouva la parole pour faire une observation.

— M'aimez-vous encore ? lui demanda madame de La Baudraye en l'interrompant au premier mot.

— A me perdre pour vous... s'écria-t-il en se dressant sur ses pieds.

Les yeux de ce pauvre homme devinrent comme des torches, il trembla comme une feuille, il sentit son larynx immobile, ses cheveux frémirent dans leurs racines, il crut au bonheur d'être pris par son idole comme un vengeur, et ce pis-aller le rendit presque fou de joie.

— De quoi vous étonnez-vous ? lui dit-elle en le faisant rasseoir, voilà comment je l'aime.

Le magistrat comprit alors cet argument *ad hominem !* Et il eut des larmes dans les yeux, lui qui venait de faire condamner un homme à mort ! La satiété de Lousteau, cet horrible dénoûment du concubinage, s'était trahie en mille petites choses qui sont comme des grains de sable jetés aux vitres du pavillon magique où l'on rêve quand on aime. Ces grains de sable, qui deviennent des cailloux, Dinah ne les avait vus que quand ils avaient eu la grosseur d'une pierre. Madame de La Baudraye avait fini par bien juger Lousteau.

— C'est, disait-elle à sa mère, un poète sans aucune défense contre le malheur, lâche par paresse et non par défaut de cœur, un peu trop complaisant à la volupté ; enfin, c'est un chat qu'on ne peut pas haïr. Que deviendrait-il sans moi ? J'ai empêché son mariage, il n'a plus d'avenir. Son talent périrait dans la misère.

— Oh ! ma Dinah ! s'écria madame Piédefer, dans quel enfer, vis-tu ?... Quel est le sentiment qui te donnera les forces de persister...

— Je serai sa mère ! avait-elle dit.

Il est des positions horribles où l'on ne prend de parti qu'au moment où nos amis s'aperçoivent de notre déshonneur. On transige avec soi-même, tant qu'on échappe à un censeur qui vient faire le Procureur du Roi. Monsieur de Clagny, maladroit comme un *patito*, venait de se faire le bourreau de Dinah !

— Je serai, pour conserver mon amour, ce que madame de Pompadour fut pour garder le pouvoir, se dit-elle quand monsieur de Clagny fut parti.

Cette parole dit assez que son amour devenait lourd à porter, et qu'il allait être un travail au lieu d'être un plaisir.

Le nouveau rôle adopté par Dinah était horriblement douloureux, mais Lousteau ne le rendit pas facile à jouer. En sa qualité de bon enfant, quand il voulait sortir après dîner, il jouait de petites scènes d'amitié ravissantes, il disait à Dinah des mots vraiment pleins de tendresse, il prenait son compagnon par la chaîne, et quand il l'en avait meurtrie dans les meurtrissures, royal ingrat disait : — T'ai-je fait mal ?

Ces menteuses caresses, ces déguisements eurent quelquefois des suites déshonorantes pour Dinah qui croyait à des retours de tendresse. Hélas ! la mère cédait avec une honteuse facilité la place à Didine. Elle se sentit comme un jouet entre les mains de cet homme, et elle finit par se dire : — Eh ! bien, je veux être son jouet ! en y trouvant des plaisirs aigus, des jouissances de damné.

Quand cette femme d'un esprit si viril, se jeta par la pensée dans la solitude, elle sentit son courage défaillir. Elle préféra les supplices prévus, inévitables de cette intimité féroce, à la privation de jouissances d'autant plus exquises qu'elles naissaient au milieu de remords, de luttes épouvantables avec elle-même, de *non* qui se changeaient en *oui !* Ce fut à tout moment la goutte d'eau saumâtre trouvée dans le désert, bue avec plus de délices que le voyageur n'en goûte à savourer les meilleurs vins à la table d'un prince. Quand Dinah se disait à minuit : — Rentrera-t-il, ne rentrera-t-il pas ? elle ne renaissait qu'au bruit connu des bottes d'Étienne, elle reconnaissait sa manière de sonner. Souvent elle essayait des voluptés comme d'un frein, elle se plaisait à lutter avec ses rivales, à ne leur rien laisser dans ce cœur rassasié. Combien de fois joua-t-elle la tragédie du Dernier Jour d'un Condamné, se disant : — Demain, nous nous quitterons ! Et combien de fois un mot, un regard, une caresse empreinte de naïveté la fit-elle retomber dans l'amour ? Ce fut souvent terrible ! elle tourna plus d'une fois autour du suicide en tournant autour de ce gazon parisien d'où s'élevaient des fleurs pâles !... Elle n'avait pas, enfin, épuisé l'immense trésor de dévouement et d'amour que les femmes aimantes ont dans le cœur. Adolphe était sa Bible, elle l'étudiait ; car, par-dessus toutes choses, elle ne voulait pas être Ellénore. Elle évita les larmes, se garda de toutes les amertumes si savamment décrites par le critique auquel on doit l'analyse de cette œuvre poignante, et dont la glose paraissait à Dinah presque supérieure au livre. Aussi relisait-elle souvent le magnifique article du seul critique qu'ait eu la Revue des Deux-Mondes, et qui se trouve en tête de la nouvelle édition d'Adolphe.

— « Non, se disait-elle en en répétant les fatales paroles, non, je ne donnerai pas à mes prières la forme du commandement, je ne m'empresserai pas aux larmes comme à une vengeance, je ne jugerai pas les actions que j'approuvais autrefois sans contrôle, je n'attacherai point un œil curieux à ses pas ; s'il s'échappe, au retour il ne trouvera pas une bouche impérieuse, dont le baiser soit un ordre sans réplique Non ! mon silence ne sera pas une plainte, et ma parole ne sera pas une querelle !... » Je ne serai pas vulgaire, se disait-elle en posant sur sa table le petit volume jaune qui déjà lui avait valu ce mot de Lousteau : — Tiens ? tu lis Adolphe !... N'eussé-je qu'un jour où il reconnaîtra ma valeur et où il se dira : Jamais la victime n'a crié ! ce serait assez ! D'ailleurs, les autres n'auront que des moments, et moi j'aurai toute sa vie !

En se croyant autorisé par la conduite de sa femme à la punir au tribunal domestique, monsieur de La Baudraye eut la délicatesse de la voler pour achever sa grande entreprise de la mise en culture des douze cents hectares de brandes, à laquelle, depuis 1836, il consacrait ses revenus en vivant comme un rat. Il manipula si bien les valeurs laissées par monsieur Silas Piédefer, qu'il put réduire la liquidation authentique à huit cent mille francs, tout en en rapportant douze cent mille. Il n'annonça point son retour à sa femme ; mais, pendant qu'elle souffrait des maux inouïs, il bâtissait des fermes, il creusait des fossés, il plantait des arbres, il se livrait à des défrichements audacieux qui le firent regarder comme un des agronomes les plus distingués du Berry. Les quatre cent mille francs, pris à sa femme, passèrent en trois ans à cette opération, et la terre d'Anzy dut, dans un temps donné, rapporter soixante-douze mille francs de rentes, nets d'impôts. Quant aux huit cent mille francs, il en fit emploi en quatre et demi pour cent, à quatre-vingts francs, grâce à la

crise financière due au Ministère dit du Premier Mars. En pro-
curant ainsi quarante-huit mille francs de rentes à sa femme,
il se regarda comme quitte envers elle. Ne pouvait-il pas lui
représenter les douze cent mille francs le jour où le quatre et
demi dépasserait cent francs. Son importance ne fut plus primée à Sancerre que par celle du plus riche propriétaire foncier
de France dont il se faisait le rival. Il se voyait cent quarante
mille francs de rente, dont quatre-vingt-dix en fonds de terres
formant son majorat. Après avoir calculé qu'à part ses revenus,
il payait dix mille francs d'impôts, trois mille francs de frais,
dix mille francs à sa femme et douze cents à sa belle-mère, il
disait en pleine Société Littéraire : — On prétend que je suis
un avare, que je ne dépense rien, ma dépense monte encore à
vingt-six mille cinq cents francs par an. Et je vais avoir à payer
l'éducation de mes deux enfants ! ça ne fait peut-être pas plaisir
aux Milaud de Nevers, mais la seconde maison de La Baudraye
aura peut-être une aussi belle carrière que la première. J'irai
vraisemblablement à Paris, solliciter du Roi des Français le
titre de comte (monsieur Roy est comte), cela fera plaisir à ma
femme d'être appelée madame la comtesse.

Cela fut dit d'un si beau sang-froid, que personne n'osa
se moquer de ce petit homme. Le Président Boirouge seul lui
répondit : — A votre place, je ne me croirais heureux que si
j'avais une fille.

— Mais, dit le baron, j'irai bientôt à Paris...

Au commencement de l'année 1841, madame La Baudraye, en se sentant toujours prise comme pis-aller, en était
revenue à s'immoler au bien-être de Lousteau : elle avait repris
les vêtements noirs ; mais elle arborait cette fois un deuil, car
ses plaisirs se changeaient en remords. Elle avait trop souvent
honte d'elle-même pour ne pas sentir parfois la pesanteur de sa
chaîne, et sa mère la surprit en ces moments de réflexion profonde où la vision de l'avenir plonge les malheureux dans une
sorte de torpeur. Madame Piédefer, conseillée par son confesseur, épiait le moment de lassitude que ce prêtre lui prédisait

devoir arriver, et sa voix plaidait alors pour les enfants. Elle se contentait de demander une séparation de domicile sans exiger une séparation de cœur.

Dans la nature, ces sortes de situations violentes ne se terminent pas, comme dans les livres, par la mort ou par des catastrophes habilement arrangées ; elles finissent beaucoup moins poétiquement par le dégoût, par la flétrissure de toutes les fleurs de l'âme, par la vulgarité des habitudes, mais très-souvent aussi par une autre passion qui dépouille une femme de cet intérêt dont on les entoure traditionnellement. Or, quand le bon sens, la loi des convenances sociales, l'intérêt de famille, tous les éléments de ce qu'on appelait la morale publique sous la Restauration, en haine du mot Religion catholique, fut appuyé par le sentiment de blessures un peu trop vives ; quand la lassitude du dévouement arriva presque à la défaillance, et que, dans cette situation, un coup par trop violent, une de ces lâchetés que les hommes ne laissent voir qu'à des femmes dont ils se croient toujours maîtres, met le comble au dégoût, au désenchantement, l'heure est arrivée pour l'ami qui poursuit la guérison. Madame Piédefer eut donc peu de chose à faire pour détacher la taie aux yeux de sa fille. Elle envoya chercher l'Avocat-Général. Monsieur de Clagny acheva l'œuvre en affirmant à madame de La Baudraye que, si elle renonçait à vivre avec Étienne, son mari lui laisserait ses enfants, lui permettrait d'habiter Paris et lui rendrait la disposition de *ses propres*.

— Quelle existence ! dit-il. En usant de précautions, avec l'aide de personnes pieuses et charitables, vous pourriez avoir un salon et reconquérir une position. Paris n'est pas Sancerre !

Dinah s'en remit à monsieur de Clagny du soin de négocier une réconciliation avec le petit vieillard. Monsieur de La Baudraye avait bien vendu ses vins, il avait vendu des laines, il avait abattu des réserves, et il était venu, sans rien dire à sa femme, à Paris y placer deux cent mille francs en achetant, rue de l'Arcade, un charmant hôtel provenant de la liquidation d'une grande fortune aristocratique compromise. Membre du Conseil-Général de son département depuis 1826 et payant dix mille francs de contributions, il se trouvait doublement

dans les conditions exigées par la nouvelle loi sur la pairie.
Quelque temps avant l'élection générale de 1842, il déclara
sa candidature au cas où il ne serait pas fait pair de France. Il
demandait également à être revêtu du titre de comte et promu
commandeur de la Légion-d'Honneur. En matière d'élections,
tout ce qui pouvait consolider les nominations dynastiques était
juste ; or, dans le cas où monsieur de La Baudraye serait acquis
au gouvernement, Sancerre devenait plus que jamais le bourg
pourri de la Doctrine. Monsieur de Clagny, dont les talents et
la modestie étaient de plus en plus appréciés, appuya monsieur
de La Baudraye ; il montra dans l'élévation de ce courageux
agronome des garanties à donner aux intérêts matériels. Monsieur de La Baudraye, une fois nommé comte, pair de France
et commandeur de la Légion-d'Honneur, eut la vanité de se
faire représenter par une femme et par une maison bien tenue,
il voulait, dit-il, jouir de la vie. Il pria sa femme, par une lettre
que dicta l'Avocat-Général, d'habiter son hôtel, de le meubler,
d'y déployer ce goût dont tant de preuves le charmaient, dit-il,
dans son château d'Anzy. Le nouveau comte fit observer à sa
femme que l'éducation de leurs fils exigeait qu'elle restât à Paris,
tandis que leurs intérêts territoriaux l'obligeaient à ne pas quitter Sancerre. Le complaisant mari chargeait donc monsieur de
Clagny de remettre à madame la comtesse soixante mille francs
pour l'arrangement intérieur de l'hôtel de La Baudraye en recommandant d'incruster une plaque de marbre au-dessus de
la porte cochère avec cette inscription : *Hôtel de La Baudraye*.
Puis, tout en rendant compte à sa femme des résultats de la
liquidation Silas Piédefer, monsieur de La Baudraye annonçait
le placement en quatre et demi pour cent des huit cent mille
francs recueillis à New-York, et lui allouait cette inscription
pour ses dépenses, y compris celles de l'éducation des enfants.
Quasi forcé de venir à Paris pendant une partie de la session à
la Chambre des Pairs, il recommandait alors à sa femme de lui
réserver un petit appartement dans un entresol au-dessus des
communs.

— Ah ! çà, mais il devient jeune, il devient gentilhomme, il devient magnifique, que va-t-il encore devenir ? c'est à faire trembler, dit madame de La Baudraye.

— Il satisfait tous les désirs que vous formiez à vingt ans !... répondit le magistrat.

La comparaison de sa destinée à venir avec sa destinée actuelle n'était pas soutenable pour Dinah. La veille encore, Anna de Fontaine avait tourné la tête pour ne pas voir son amie de cœur du pensionnat Chamarolles.

Dinah se dit : — Je suis comtesse, j'aurai sur ma voiture le manteau bleu de la pairie, et dans mon salon les sommités de la politique et de la littérature... je la regarderai, moi !...

Cette petite jouissance pesa de tout son poids au moment de la conversion.

Un beau jour, en mai 1842, madame de La Baudraye paya toutes les dettes de son ménage, et laissa mille écus sur la liasse de tous les comptes acquittés. Après avoir envoyé sa mère et ses enfants à l'hôtel La Baudraye, elle attendit Lousteau tout habillée, comme pour sortir. Quand l'ex-roi de son cœur rentra pour dîner elle lui dit : — J'ai renversé la marmite, mon ami. Madame de La Baudraye vous donne à dîner au Rocher de Cancale. Venez ?

Elle entraîna Lousteau stupéfait du petit air dégagé que prenait cette femme, encore asservie le matin à ses moindres caprices, car elle aussi ! avait joué la comédie depuis deux mois.

— Madame de La Baudraye est ficelée comme pour une *première*, dit-il en se servant de l'abréviation par laquelle on désigne en argot du journal une première représentation. Et pourquoi pas, Dinah ?

— N'oubliez pas le respect que vous devez à madame de La Baudraye, dit gravement Dinah. Je ne sais plus ce que signifie ce mot *ficelée*...

— Comment Didine ? fit-il en la prenant par la taille.

— Il n'y a plus de Didine, vous l'avez tuée, mon ami, répondit-elle en se dégageant. Et je vous donne la première représentation de madame la comtesse de La Baudraye...

— C'est donc vrai, notre insecte est pair de France ?

— La nomination sera ce soir dans le Moniteur, m'a dit monsieur de Clagny qui lui-même passe à la Cour de Cassation.

— Au fait, dit le journaliste, l'entomologie sociale devait être représentée à la Chambre.

— Mon ami, nous nous séparons pour toujours, dit madame de La Baudraye en comprimant le tremblement de sa voix. J'ai congédié les deux domestiques. En rentrant, vous trouverez votre ménage en règle et sans dettes. J'aurai toujours pour vous, mais secrètement, le cœur d'une mère. Quittons-nous tranquillement, sans bruit, en gens comme il faut. Avez-vous un reproche à me faire sur ma conduite pendant ces six années ?

— Aucun, si ce n'est d'avoir brisé ma vie et détruit mon avenir, dit-il d'un ton sec. Vous avez beaucoup lu le livre de Benjamin Constant, et vous avez même étudié l'article de Gustave Planche ; mais vous ne l'avez lu qu'avec des yeux de femme. Quoique vous ayez une de ces belles intelligences qui ferait la fortune d'un poète, vous n'avez pas osé vous mettre au point de vue des hommes. Ce livre, ma chère, a les deux sexes. Vous savez ?... Nous avons établi qu'il y a des livres mâles ou femelles, blonds ou noirs... Dans Adolphe, les femmes ne voient qu'Ellénore, les jeunes gens y voient Adolphe, les hommes y voient Ellénore et Adolphe, les politiques y voient la vie sociale ! Vous vous êtes dispensée, comme votre critique d'ailleurs, d'entrer dans l'âme d'Adolphe. Ce qui tue ce pauvre garçon, ma chère, c'est d'avoir perdu son avenir pour une femme ; de ne pouvoir rien être de ce qu'il serait devenu, ni ambassadeur, ni ministre, ni poète, ni riche. Il a donné six ans de son énergie, du moment de la vie où l'homme peut accepter les rudesses d'un apprentissage quelconque, à une jupe qu'il a devancée dans la carrière de l'ingratitude, car une femme qui a pu quitter son premier amant devait tôt ou tard laisser le second. Adolphe est un Allemand blondasse qui ne se sent pas la force de tromper Ellénore. Il est des Adolphe qui font grâce à leur Ellénore des querelles déshonorantes, des plaintes, et qui se disent : Je ne parlerai pas de ce que j'ai perdu ! je ne montrerai pas toujours à l'Égoïsme que j'ai couronné mon poing coupé comme fait le Ramorny de la Jolie Fille de Perth, mais ceux-là, ma chère, on les quitte... Adolphe est un fils de bonne maison, un cœur aristocrate qui veut rentrer dans la voie des honneurs, des places et rattraper sa dot sociale, sa considération compromise. Vous jouez en ce moment à la fois les deux personnages. Vous ressentez la douleur que cause une position perdue, et vous vous croyez en droit d'abandonner un pauvre amant qui a eu le malheur de vous croire assez supérieure pour admettre que si chez l'homme le cœur doit être constant, le sexe peut se laisser aller à des caprices...

— Et croyez-vous que je ne serai pas occupée de vous rendre ce que je vous ai fait perdre ? Soyez tranquille, répondit madame de La Baudraye foudroyée par cette sortie, votre Ellénore ne meurt pas, et si Dieu lui prête vie, si vous changez de conduite, si vous renoncez aux lorettes et aux actrices, nous vous trouverons mieux qu'une Félicie Cardot.

Chacun des deux amants devint maussade : Lousteau jouait la tristesse, il voulait paraître sec et froid ; tandis que Dinah, vraiment triste, écoutait les reproches de son cœur.

— Pourquoi, dit Lousteau, ne pas finir comme nous aurions dû commencer, cacher à tous les yeux notre amour, et nous voir secrètement ?

— Jamais ! dit la nouvelle comtesse en prenant un air glacial. Ne devinez-vous pas que nous sommes, après tout, des êtres finis. Nos sentiments nous paraissent infinis à cause du pressentiment que nous avons du ciel ; mais ils ont ici-bas pour limites les forces de notre organisation. Il est des natures molles et lâches qui peuvent recevoir un nombre infini de blessures et persister ; mais il en est de plus fortement trempées qui finissent par se briser sous les coups. Vous m'avez...

— Oh ! assez, dit-il, *ne faisons plus de copie !*... Votre article me semble inutile, car vous pouvez vous justifier par un seul mot : *Je n'aime plus !*...

— Ah ! c'est moi qui n'aime plus !... s'écria-t-elle étourdie.

— Certainement. Vous avez calculé que je vous causais
plus de chagrins, plus d'ennuis que de plaisirs, et vous quittez
votre associé...

— Je le quitte !... s'écria-t-elle en levant les deux mains.
— Ne venez-vous pas de dire : *Jamais !*...
— Eh ! bien, oui, *jamais*, reprit-elle avec force.

Ce dernier jamais, dicté par la peur de retomber sous la
domination de Lousteau, fut interprété par lui comme la fin
de son pouvoir, du moment où Dinah restait insensible à ses
méprisants sarcasmes. Le journaliste ne put retenir une larme :
il perdait une affection sincère, illimitée. Il avait trouvé dans
Dinah la plus douce Lavallière, la plus agréable Pompadour
qu'un égoïste qui n'est pas roi pouvait désirer ; et, comme l'enfant qui s'aperçoit, qu'à force de tracasser son hanneton, il l'a
tué, Lousteau pleurait.

Madame de La Baudraye s'élança hors de la petite salle où
elle dînait, paya le dîner et se sauva rue de l'Arcade en se gron-
dant et se trouvant féroce.

Dinah passa tout un trimestre à faire de son hôtel un mo-
dèle du comfortable. Elle se métamorphosa elle-même. Cette
double métamorphose coûta trente mille francs au delà des
prévisions du jeune pair de France.

Le fatal événement qui fit perdre à la famille d'Orléans
son héritier présomptif ayant nécessité la réunion des Chambres
en août 1842, le petit La Baudraye vint présenter ses titres à la
noble Chambre plus tôt qu'il ne le croyait. Il fut si content des
œuvres de sa femme qu'il donna les trente mille francs. En revenant du Luxembourg, où, selon les usages, il fut présenté par
deux pairs, le baron de Nucingen et le marquis de Montriveau,
le nouveau comte rencontra le vieux duc de Chaulieu, l'un de
ses anciens créanciers, à pied, un parapluie à la main ; tandis
qu'il se trouvait campé dans une petite voiture basse sur les
panneaux de laquelle brillait son écusson et où se lisait : *Deo sic
patet fides et hominibus*. Cette comparaison mit dans son cœur
une dose de ce baume dont se grise la Bourgeoisie depuis 1830.
Madame La Baudraye fut effrayée en revoyant alors son mari

mieux qu'il n'était le jour de son mariage. En proie à une joie superlative, l'avorton triomphait à soixante-quatre ans de la vie qu'on lui déniait, de la famille que le beau Milaud de Nevers lui interdisait d'avoir, de sa femme qui recevait chez elle à dîner monsieur et madame de Clagny, le curé de l'Assomption et ses deux introducteurs à la Chambre. Il caressa ses enfants avec une fatuité charmante. La beauté du service de table eut son approbation.

— Voilà les toisons du Berry, dit-il en montrant à monsieur Nucingen les cloches surmontées de sa nouvelle couronne, elles sont d'argent !

Quoique dévorée d'une profonde mélancolie contenue avec la puissance d'une femme devenue vraiment supérieure, Dinah fut charmante, spirituelle, et surtout parut rajeunie dans son deuil de cour.

— L'on dirait, s'écria le petit La Baudraye en montrant sa femme à monsieur de Nucingen, que la comtesse a moins de trente ans !

— Ah ! *matame aid eine fame te drende ansse ?* reprit le baron qui se servait des plaisanteries consacrées en y voyant une sorte de monnaie pour la conversation.

— Dans toute la force du terme, répondit la comtesse, car j'en ai trente-cinq, et j'espère bien avoir une petite passion au cœur...

— Oui, ma femme m'a ruiné en potiches, en chinoiseries...

— Madame a eu ce goût-là de bonne heure, dit le marquis de Montriveau en souriant.

— Oui, reprit le petit La Baudraye en regardant froidement le marquis de Montriveau qu'il avait connu à Bourges, vous savez qu'elle a ramassé en 25, 26 et 27 pour plus d'un million de curiosités qui font d'Anzy un musée...

— Quel aplomb ! pensa monsieur de Clagny en trouvant ce petit avare de province à la hauteur de sa nouvelle position.

Les avares ont des économies de tout genre à dépenser. Le lendemain du vote de la loi de régence par la Chambre, le petit pair de France alla faire ses vendanges à Sancerre et reprit ses habitudes. Pendant l'hiver de 1842 à 1843, la comtesse de La Baudraye, aidée par l'Avocat-Général à la Cour de Cassation, essaya de se faire une société. Naturellement elle prit un jour, elle distingua parmi les célébrités, elle ne voulut voir que des gens sérieux et d'un âge mûr. Elle essaya de se distraire en allant aux Italiens et à l'opéra. Deux fois par semaine, elle y menait sa mère et madame de Clagny, que le magistrat força de voir madame de La Baudraye. Mais, malgré son esprit, ses façons aimables, malgré ses airs de femme à la mode, elle n'était heureuse que par ses enfants sur lesquels elle reporta toutes ses tendresses trompées. L'admirable monsieur de Clagny recrutait des femmes pour la société de la comtesse, et il y parvenait ! Mais il réussissait beaucoup plus auprès des femmes pieuses qu'auprès des femmes du monde.

— Elles l'ennuient ! se disait-il avec terreur en contemplant son idole mûrie par le malheur, pâlie par les remords, et alors dans tout l'éclat d'une beauté reconquise et par sa vie luxueuse et par sa maternité.

Le dévoué magistrat, soutenu dans son œuvre par la mère et par le curé de la paroisse, était admirable en expédients. Il servait chaque mercredi quelque célébrité d'Allemagne, d'Angleterre, d'Italie ou de Prusse à sa chère comtesse ; il la donnait pour une femme *hors ligne* à des gens auxquels elle ne disait pas deux mots ; mais qu'elle écoutait avec une si profonde attention qu'ils s'en allaient convaincus de sa supériorité. Dinah vainquit à Paris par le silence, comme à Sancerre par sa loquacité. De temps en temps, une épigramme sur les choses ou quelque observation sur les ridicules révélait une femme habituée à manier les idées, et qui quatre ans auparavant avait rajeuni le feuilleton de Lousteau. Cette époque fut pour la passion du pauvre magistrat comme cette saison nommée l'été de la Saint-Martin dans les années sans soleil. Il se fit plus vieillard qu'il ne l'était pour avoir le droit d'être l'ami de Dinah sans lui faire tort ; mais comme s'il eût été jeune, beau, compromettant, il se mettait à distance en homme qui devait cacher son bonheur. Il essayait de couvrir du plus profond secret ses petits soins, ses légers cadeaux que Dinah montrait au grand jour. Il tâchait de donner des significations dangereuses à ses moindres obéissances.

— Il joue à la passion, disait la comtesse en riant.

Elle se moquait de monsieur de Clagny devant lui, et le magistrat se disait : — Elle s'occupe de moi !

— Je fais une si grande impression à ce pauvre homme, disait-elle en riant à sa mère, que si je lui disais oui, je crois qu'il dirait non.

Un soir monsieur de Clagny ramenait en compagnie de sa femme sa chère comtesse profondément soucieuse. Tous trois venaient d'assister à la première représentation de *la Main droite et la Main gauche*, le premier drame de Léon Gozlan.

— A quoi pensez-vous ? demanda le magistrat effrayé de la mélancolie de son idole.

La persistance de la tristesse cachée mais profonde qui dévorait la comtesse était un mal dangereux que l'Avocat-Général ne savait pas combattre, car le véritable amour est souvent maladroit, surtout quand il n'est pas partagé. Le véritable amour emprunte sa forme au caractère. Or, le digne magistrat aimait à la manière d'Alceste, quand madame de La Baudraye voulait être aimée à la manière de Philinte. Les lâchetés de l'amour s'accommodent fort peu de la loyauté du Misanthrope. Aussi Dinah se gardait-elle bien d'ouvrir son cœur à son *Patito*. Comment oser avouer qu'elle regrettait parfois son ancienne fange ? Elle sentait un vide énorme dans la vie du monde, elle ne savait à qui rapporter ses succès, ses triomphes, ses toilettes. Parfois les souvenirs de ses misères revenaient mêlés au souvenir de voluptés dévorantes. Elle en voulait parfois à Lousteau de ne pas s'occuper d'elle, elle aurait voulu recevoir de lui des lettres ou tendres ou furieuses.

Dinah ne répondant pas, le magistrat répéta sa question en prenant la main de la comtesse et la lui serrant entre les siennes d'un air dévot.

— Voulez-vous la main droite ou la main gauche ? répondit-elle en souriant.

— La main gauche, dit-il, car je présume que vous parlez du mensonge et de la vérité.

— Eh ! bien, je l'ai vu, lui répliqua-t-elle en parlant de manière à n'être entendu que du magistrat. En l'apercevant triste, profondément découragé, je me suis dit : A-t-il des cigares ? a-t-il de l'argent ?

— Eh ! Si vous voulez la vérité, je vous dirai, s'écria monsieur de Clagny, qu'il vit maritalement avec Fanny Beaupré. Vous m'arrachez cette confidence !... je ne vous l'aurais jamais appris : vous auriez cru peut-être à quelque sentiment peu généreux chez moi.

Madame de La Baudraye donna une poignée de main à l'Avocat-Général.

— Vous avez pour mari, dit-elle à son chaperon, un des hommes les plus rares. Ah ! pourquoi...

Et elle se cantonna dans son coin en regardant par les glaces du coupé ; mais elle supprima le reste de sa phrase que l'Avocat-Général devina : Pourquoi Lousteau n'a-t-il pas un peu de la noblesse de cœur de votre mari !...

Néanmoins cette nouvelle dissipa la mélancolie de madame de La Baudraye, qui se jeta dans la vie des femmes à la mode ; elle voulut avoir du succès, et elle en obtint ; mais elle faisait peu de progrès dans le monde des femmes ; elle éprouvait des difficultés à s'y produire. Au mois de mars, les prêtres amis de madame Piédefer et l'Avocat-Général frappèrent un grand coup en faisant nommer madame la comtesse de La Baudraye quêteuse pour l'œuvre de bienfaisance fondée par madame de Carcado. Enfin elle fut désignée à la cour pour recueillir les dons en faveur des victimes du tremblement de terre de la Guadeloupe.

La marquise d'Espard, à qui monsieur de Canalis lisait les noms de ces dames à l'opéra, dit en entendant celui de la comtesse : — Je suis depuis bien long-temps dans le monde, je ne me rappelle pas quelque chose de plus beau que les manœuvres faites pour le sauvetage de l'honneur de madame de La Baudraye.

Pendant les jours de printemps, qu'un caprice de notre planète fit luire sur Paris dès la première semaine du mois de mars et qui permit de voir les Champs-Élysées feuillés et verts à Longchamp, plusieurs fois déjà, l'amant de Fanny Beaupré, dans ses promenades avait aperçu madame de La Baudraye sans être vu d'elle. Il fut alors plus d'une fois mordu au cœur par un de ces mouvements de jalousie et d'envie assez familiers aux gens nés et élevés en province, quand il revoyait son ancienne maîtresse, bien posée au fond d'une jolie voiture, bien mise, un air rêveur, et ses deux enfants à chaque portière. Il s'apostrophait d'autant plus en lui-même qu'il se trouvait aux prises avec la plus aiguë de toutes les misères, une misère cachée. Il était, comme toutes les natures essentiellement vaniteuses et légères, sujet à ce singulier point d'honneur qui consiste à ne pas déchoir aux yeux de son public, qui fait commettre des crimes légaux aux hommes de Bourse pour ne pas être chassés du temple de l'agiotage, qui donne à certains criminels le courage de faire des actes de vertu. Lousteau dînait et déjeunait, fumait comme s'il était riche. Il n'eût pas, pour une succession, manqué d'acheter les cigares les plus chers, pour lui, comme pour le dramaturge ou le prosateur avec lesquels il entrait dans un Débit. Le journaliste se promenait en bottes vernies ; mais il craignait des saisies qui, selon l'expression des huissiers, avaient reçu tous les sacrements. Fanny Beaupré ne possédait plus rien d'engageable, et ses appointements étaient frappés d'oppositions ! Après avoir épuisé le chiffre possible des avances aux Revues, aux journaux et chez les libraires, Étienne ne savait plus de quelle encre faire or. Les jeux, si maladroitement supprimés, ne pouvaient plus acquitter, comme jadis, les lettres de change tirées sur leurs tapis verts par les Misères au désespoir. Enfin, le journaliste était arrivé à un tel désespoir, qu'il venait d'emprunter au plus pauvre de ses amis, à Bixiou, à qui jamais il n'avait rien demandé, cent francs !

Ce qui peinait le plus Lousteau, ce n'était pas de devoir cinq mille francs, mais de se voir dépouillé de son élégance, de son mobilier acquis par tant de privations, enrichi par madame de La Baudraye. Or, le 3 avril, une affiche jaune arrachée par le portier après avoir fleuri le mur, avait indiqué la vente d'un beau mobilier pour le samedi suivant, jour des ventes par autorité de justice.

Lousteau se promena, fumant des cigares et cherchant des idées ; car les idées, à Paris, sont dans l'air, elles vous sourient au coin d'une rue, elles s'élancent sous une roue de cabriolet avec un jet de boue ! Le flâneur avait déjà cherché des idées d'articles et des sujets de nouvelles pendant tout un mois ; mais il n'avait rencontré que des amis qui l'entraînaient à dîner, au théâtre, et qui grisaient son chagrin, en lui disant que le vin de Champagne l'inspirerait.

— Prends garde, lui dit un soir l'atroce Bixiou qui pouvait tout à la fois donner cent francs à un camarade et le percer au cœur avec un mot. En t'endormant toujours soûl, tu te réveilleras fou.

La veille, le vendredi, le malheureux, malgré son habitude de la misère, était affecté comme un condamné à mort. Jadis, il se serait dit : — Bah ! mon mobilier est vieux, je le renouvellerai. Mais il se sentait incapable de recommencer des tours de force littéraires. La librairie dévorée par la contrefaçon payait peu. Les journaux lésinaient avec les talents éreintés, comme les directeurs de théâtre avec les ténors qui baissent d'une note. Et d'aller devant lui, l'œil sur la foule sans y rien voir, le cigare à la bouche et les mains dans ses goussets, la figure crispée en dedans, un faux sourire sur les lèvres. Il vit alors passer madame de La Baudraye en voiture, elle prenait le boulevard par la rue de la Chaussée-d'Antin pour se rendre au Bois.

Il rentra chez lui s'y adoniser. Le soir, à sept heures, il vint en citadine à la porte de madame de La Baudraye et pria le concierge de faire parvenir à la comtesse un mot ainsi conçu :

« Madame la comtesse veut-elle faire à monsieur Lousteau la grâce de le recevoir un instant, et à l'instant. »

Ce mot était cacheté d'un cachet qui, jadis, servait aux deux amants. Madame de La Baudraye avait fait graver sur une véritable cornaline orientale : *parce que !* Un grand mot, le mot des femmes, le mot qui peut expliquer tout, même la création.

La comtesse venait d'achever sa toilette pour aller à l'Opéra, le vendredi était son jour de loge. Elle pâlit en voyant le cachet.

— Qu'on attende ! dit-elle en mettant le billet dans son corsage.

Elle eut la force de cacher son trouble et pria sa mère de coucher les enfants. Elle fit alors dire à Lousteau de venir, et elle le reçut dans un boudoir attenant à son grand salon, les portes ouvertes. Elle devait aller au bal après le spectacle, elle avait mis une délicieuse robe en soie brochée à raies alternativement mates et pleines de fleurs, d'un bleu pâle. Ses gants garnis et à glands laissaient voir ses beaux bras blancs. Elle étincelait de dentelles, et portait toutes les jolies futilités voulues par la mode. Sa coiffure à la Sévigné lui donnait un air fin. Un collier de perles ressemblait sur sa poitrine à des soufflures sur de la neige.

— Qu'avez-vous, monsieur ? dit la comtesse en sortant son pied de dessous sa robe pour pincer un coussin de velours, je croyais, j'espérais être parfaitement oubliée...

— Je vous dirais *jamais*, vous ne voudriez pas me croire, dit Lousteau qui resta debout et se promena tout en mâchant des fleurs qu'il prenait à chaque tour aux jardinières dont les massifs embaumaient le boudoir.

Un moment de silence régna. Madame de La Baudraye, en examinant Lousteau, le trouva mis comme pouvait l'être le scrupuleux dandy.

— Il n'y a que vous au monde qui puissiez me secourir et me tendre une perche, car je me noie, et j'ai déjà bu plus d'une gorgée... dit-il en s'arrêtant devant Dinah et paraissant céder à un effort suprême. Si vous me voyez, c'est que mes affaires vont bien mal.

— Assez ! dit-elle, je comprends.

Une nouvelle pause se fit entre eux pendant laquelle Lousteau se retourna, prit son mouchoir, et eut l'air d'essuyer une larme.

— Que vous faut-il, Étienne ? reprit-elle d'une voix maternelle. Nous sommes en ce moment de vieux camarades, parlez-moi comme vous parleriez.. à... à Bixiou...

— Pour empêcher mon mobilier de sauter demain à l'hôtel des Commissaires-Priseurs, dix-huit cents francs ! Pour rendre à mes amis, autant ! trois termes au propriétaire que vous connaissez...Ma tante exige cinq cents francs...

— Et pour vous, pour vivre...

— Oh ! j'ai ma plume !...

— Elle est à remuer d'une lourdeur qui ne se comprend pas quand on vous lit... dit-elle en souriant avec finesse. — Je n'ai pas la somme que vous me demandez... Venez demain à huit heures, l'huissier attendra bien jusqu'à neuf, surtout si vous l'emmenez pour le payer.

Elle sentit la nécessité de congédier Lousteau qui feignait de ne pas avoir la force de la regarder ; mais elle éprouvait une compassion à délier tous les nœuds gordiens que noue la Société.

— Merci ! dit-elle en se levant et tendant la main à Lousteau, votre confiance me fait un bien !... Oh ! il y a long-temps que je ne me suis senti tant de joie au cœur...

Lousteau prit la main, l'attira sur son cœur et la pressa tendrement.

— Une goutte d'eau dans le désert, et... par la main d'un ange !.. Dieu fait toujours bien les choses !

Ce fut dit moitié plaisanterie et moitié attendrissement ; mais, croyez-le bien, ce fut aussi beau, comme jeu de théâtre, que celui de Talma dans son fameux rôle de Leicester où tout est en nuances de ce genre. Dinah sentit battre le cœur à travers l'épaisseur du drap, il battait de plaisir, car le journaliste échappait à l'épervier judiciaire ; mais il battait aussi d'un désir bien naturel à l'aspect de Dinah rajeunie et renouvelée par l'opulence. Madame de La Baudraye, en examinant Étienne à la dérobée, aperçut la physionomie en harmonie avec toutes les fleurs d'amour qui, pour elle, renaissaient dans ce cœur palpitant ; elle essaya de plonger ses yeux, une fois, dans les yeux de celui qu'elle avait tant aimé, mais un sang tumultueux se précipita dans ses veines et lui troubla la tête. Ces deux êtres échangèrent alors le même regard rouge qui, sur le quai de Cosne, avait donné l'audace à Lousteau de froisser la robe d'organdi. Le drôle attira Dinah par la taille, elle se laissa prendre, et les deux joues se touchèrent.

— Cache-toi, voici ma mère ! s'écria Dinah tout effrayée. Et elle courut au-devant de madame Piédefer. — Maman, dit-elle (ce mot était pour la sévère madame Piédefer une caresse qui ne manquait jamais son effet), voulez-vous me faire un grand plaisir, prenez la voiture, allez vous-même chez notre banquier monsieur Mongenod, avec le petit mot que je vais vous donner. Venez, venez, il s'agit d'une bonne action, venez dans ma chambre ?

Et elle entraîna sa mère qui semblait vouloir regarder la personne qui se trouvait dans le boudoir.

Deux jours après, madame Piédefer était en grande conférence avec le curé de la paroisse. Après avoir écouté les lamentations de cette vieille mère au désespoir, le, curé lui dit gravement : — Toute régénération morale qui n'est pas appuyée d'un grand sentiment religieux, et poursuivie au sein de l'Église, repose sur des fondements de sable... Toutes les pratiques, si minutieuses et si peu comprises que le catholicisme ordonne, sont autant de digues nécessaires à contenir les tempêtes du mauvais esprit. Obtenez donc de madame votre fille qu'elle accomplisse tous ses devoirs religieux et nous la sauverons...

Dix jours après cette conférence, l'hôtel de La Baudraye était fermé. La comtesse et ses enfants, sa mère, enfin toute sa maison, qu'elle avait augmentée d'un précepteur, était partie pour le Sancerrois où Dinah voulait passer la belle saison. Elle fut charmante, dit-on, pour le comte.